EL ÁNGEL
NEGRO

EL ÁNGEL NEGRO

Laura Higuera

S

Barcelona • Madrid • Bogotá • Buenos Aires • Caracas • México D.F. • Miami • Montevideo • Santiago de Chile

Primera edición: noviembre 2017

© 2017, Laura Higuera
© 2017, Sipan Barcelona Network S.L.
  Travessera de Gràcia, 47-49. 08021 Barcelona
  Sipan Barcelona Network S.L. es una empresa
  del grupo Penguin Random House Grupo Editorial, S. A. U.

Printed in Spain
ISBN: 978-84-666-6247-5
DL 18672-2017

Impreso por UNIGRAF

A Nacho

El sueño de la razón produce monstruos.

Grabado n.º 43 de la serie *Los Caprichos.*
FRANCISCO DE GOYA

1

El arte necesita soledad o miseria, o pasión. Es una flor de una roca, que requiere el viento áspero y el terreno duro.

ALEJANDRO DUMAS

Petrov Grunt trabaja deprisa en un amplio estudio a las afueras de Múnich. Se trata de un único espacio de doscientos metros cuadrados en el que apenas hay muebles, a excepción de una cama grande y eternamente deshecha que tapa una de las esquinas del piso, unos cuantos caballetes con trabajos a medias y una fila larga de lienzos apoyados en una de las paredes y dispuestos en orden de salida. El propio Petrov realiza personalmente cada uno de los envíos. Sin intermediarios.

Recibe los encargos de AOA, uno de sus mejores

clientes, a través de e-mails escuetos y precisos. Y a pesar de que el misterioso personaje elige diferentes direcciones de correo para ocultar su rastro, siempre firma sus mensajes con las mismas tres siglas.

Y es que Grunt, a sus cuarenta años recién cumplidos, ha dedicado parte de los últimos a la pintura de trece cuadros —a razón de uno por año—, que no son sino copias de las obras de Goya pertenecientes a la penúltima etapa de su vida, justo antes de su exilio a Burdeos: las composiciones que el mundo entero lleva conociendo, desde hace ciento cincuenta años, como las *Pinturas negras*. El decimocuarto lienzo descansa ahora, siniestro y acabado solo en parte, en uno de los caballetes. Como en todos sus trabajos, Grunt se afana en conseguir un resultado sobresaliente: una copia idéntica del original.

AOA paga puntual y generosamente. Todos los años desde hace catorce, y siempre en primavera, le llegan los detalles del envío, cada vez a un lugar diferente, algo que Grunt no consigue explicarse. No fiarse de su discreción es una falta de respeto a su profesionalidad y un insulto a su inteligencia: revelar la identidad de uno de sus clientes sería como estar firmando su propio ingreso en la cárcel. Un lugar en el que por desgracia ya estuvo y al que no desea regresar de ninguna de las maneras.

Aun así, con el tiempo ambas partes adquirieron

cierta confianza, un tipo de complicidad que hizo posible entre ellos una comunicación telegráfica pero eficaz. Incluso en una ocasión, siete años atrás, y para sorpresa de Grunt, AOA le había hecho partícipe de su agradecimiento por haber realizado un trabajo de tanta calidad y al que sumó, a modo de despedida «Un abrazo». Semejante exceso solo podía deberse al grado de excitación que debió de experimentar después de contemplar su espléndida copia del *Perro semihundido*. Lo cierto es que, en su opinión, no era para menos.

Las pinceladas rabiosas, cargadas de un entusiasmo solo apreciable cuando el falsificador se enfrentaba a un encargo de semejante envergadura, conferían a cada trabajo la misma fuerza con la que el autor original debió estampar sobre los muros de su última residencia en España —porque sí, para estar desquiciado hay que estarlo sin paliativos—, cada una de esas escenas macabras que parecían sacadas de una pesadilla.

De: AOA
A: PG
Asunto: *Saturno*
Fecha: Domingo, 9 de marzo de 2015. 01:15:51 a.m.
Quiero el Saturno. Rápido.

Por supuesto, no hacía falta especificar si se trataba del *Saturno* de Rubens o del de Goya. Y, aunque era cierto que los correos siempre eran telegráficos, nunca habían llegado a tal extremo. AOA parecía más exigente —¿más impaciente, tal vez?— de lo habitual.

El siguiente paso implicaba la respuesta de Petrov, conocido en los círculos más elitistas del arte como el Maestro, el mejor falsificador de pinturas vivo del que, sin embargo, nadie hablaba nunca en voz alta. Era como si se tratase de uno de esos personajes enigmáticos que parecen sacados de una novela negra.

De: PG
A: AOA
Asunto: Re: *Saturno*
Fecha: Domingo, 9 de marzo de 2015. 11:01:34 a.m.
20.000 euros. Mediados de mayo.

De: AOA
A: PG
Asunto: *Saturno*
Fecha: Domingo, 9 de marzo de 2015. 03:16:24 p.m.
30.000. Mediados de abril. La mitad por adelantado.

De: PG
A: AOA
Asunto: Re: *Saturno*
Fecha: Domingo, 9 de marzo de 2015. 03:20:01 p.m.
De acuerdo.

La paleta provista de colores mortecinos descansa sobre el antebrazo derecho del falsificador, mientras que con la mano izquierda apura otra copa de riesling. Nunca pinta sobrio. Se pregunta, como tantas otras veces y con el alcohol fluyendo por las venas, quién será AOA. Pero al instante deja de pensar en ello —al fin y al cabo, no resulta relevante— y vuelve al trabajo. Centra la atención en la cara descompuesta de Saturno prácticamente acabada y en su cuerpo, que es mucho más que el esbozo tímido de hace un par de días. El trabajo, como siempre, estará listo a tiempo, aunque los ojos de ese ser maldito tengan algo que traspase el mismo infierno y le hagan cuestionarse muchas cosas.

Y un temblor le sacude.

2

—¿Dónde está *El ángel negro*?

Al fondo de la sala inyectada en sombras y con las paredes cubiertas de pinturas, cerca de una de las esquinas, un hombre apura su último aliento de vida frente a una figura vestida como la Muerte. Se siente aplastado contra el suelo de mármol pulido y perfecto. Sabe dónde está, aunque la escena macabra que acaba de protagonizar lo ha dejado en un estado de confusión que le impide recordar la secuencia completa de acontecimientos: entre el primer y el último golpe ha perdido demasiada sangre. Experimenta una presión insoportable en los pulmones destrozados a patadas. ¿Cómo imaginar que aquel, el que auguraba como el más feliz, fuera a ser el último día de su vida? No logra evitar pensar en cómo puede cambiar todo en un breve lapso de tiempo. Y ahora lo siente por ella. Pero, sobre todo, lo siente por «la obra» de Goya, como él siempre ha llamado a las *Pinturas negras*.

Está prácticamente desnudo, sudando, con el pene ridículamente flácido y la corbata enrollada alrededor de los testículos hinchados. Aún siente los brazos que le faltan —el izquierdo del codo para abajo, y el derecho desde el hombro—. Nota cómo su corazón está a punto de claudicar y, sin embargo, aún huele el charco de sus propios excrementos junto a lo que queda de él: el resultado de la orgía de un depravado mental. Se pregunta dónde estará su reloj. Un pensamiento absurdo de no ser porque sabe hasta qué punto se aproxima la hora de su muerte. Es terrible morir, y morir así es todavía peor.

Persevera la sensación de hormigueo donde media hora antes habían estado las manos —al principio se las golpearon con un martillo hasta destrozárselas y separárselas de las muñecas ennegrecidas, exudando Dios sabe qué—, y piensa entre delirios en el síndrome del miembro fantasma. Recordaba haber gritado y suplicado como el condenado que era, hasta que el dolor se hizo tan intenso que desapareció: ni siquiera fue capaz de abrir la boca para articular un por qué. Bendita anestesia: quizá sea verdad eso de que la vida se relativiza justo antes del final, cuando la transición entre dos estados tan soberbiamente complejos como la vida y la muerte se eterniza de ese modo tan cruel. Ha perdido la noción del tiempo, aunque el reloj de pared de la sala en penumbra se empeñe en recordarle que la aguja corre también para él, para los muebles escasos y sobrios y para el suelo que reluce y se parece más de lo que él quisiera a un espejo. Calcula que han pasado unas tres horas desde que le asestaran el primer navajazo al cuadro, y algo más desde la primera inyección de quién sabe qué droga, la misma que le mantuvo aturdido y llorando como un niño antes de que empezaran los golpes. Ahora resuenan con fuerza en su interior las palabras de Rafael Barret: «La tortura ha desaparecido del Código. Cosa diferente es que desaparezca de las costumbres.»

El tictac del reloj llega a sus oídos cada vez más disociado, como la maquinaria de alguno de los cuadros de Dalí, al que tanto admiraba de niño. Ya no le apetece vivir. Esboza una mueca parecida a una sonrisa, consecuencia de la borrachera química, producto de la angustia y de una especie de sentimiento de admiración. Angustia, por lo que se le viene encima; admiración, por la inteligencia de los grandes conspiradores, los que día a día y año a año le ganan el terreno a uno, haciéndole creer una verdad que nunca fue más que una gran mentira disfrazada. Estrategas de la vida.

Hace un rato lo hubiera dado todo por lo que ahora tiene enfrente, *Saturno devorando a un hijo*, genuinamente bestial. Hecho jirones, sí, pero sin que por eso deje de ser una más de las *Pinturas negras* originales, y no una de las ridículas copias que el Prado exponía como parte de su colección permanente, y que ahora tiene frente a él. Las mismas composiciones que habían pasado siempre para los autoproclamados expertos en Goya como excelentes —«¿No te das cuenta de que las de verdad están en los almacenes del museo? Yo las robaré para ti»—. Él sabía que cada año y sin que nadie lo advirtiese un lienzo desaparecía de los subterráneos de la pinacoteca madrileña. Si Cabrera hubiera sido más observador, más inteligente, en definitiva, habría atado cabos y puesto a todo el Ministerio de Cultura, además de a varios tipos de honra distraída, pero de gesto rápido y buen ojo artístico, a trabajar en el tema. El conjunto de aquellos lienzos había sido para él la obra más grande de un Goya en el que había invertido su vida —desde los siete años arañándole cada segundo libre a su encorsetada educación noreuropea— y por la que ahora la daba. Lo cierto es que hay locos en todos los pueblos, y a él le había tocado la mayor de las desgracias: morir mientras convierten en arte tu sufrimiento.

Termina de cegarle el ojo derecho un chorro de un líquido indefinido, y las imágenes de las pinturas le llegan al izquierdo ahora distorsionadas, como flashes de luz y sombra: Leocadia Weiss de luto, castiza y con una mirada que a través del óleo le alcanza desafiante, con esa sonrisa ridícula y de mala hembra; dos hombres destrozándose a garrotazos, enterrados hasta las rodillas en algún valle madrileño; una romería de película de terror hacia la ermita de San Isidro, en la que los rostros desfigurados de los peregrinos se burlan de un espectador invisible. Una bandada de almas descoyuntadas clamando al cielo desde un aquelarre.

—*Dove è L'angelo nero?* ¿Dónde está *El ángel negro*?

Y su último pensamiento, antes de que la hoja afilada le seccione el cuello y la máscara caiga al suelo es para el sabueso triste en un paisaje desierto, el *Perro semihundido* mirando al infinito.

Y después, la oscuridad.

3

Saludó al mar con los ojos, y su corazón
se llenó de alegría al contemplarse tan cerca
de Venecia.

THOMAS MANN,
La muerte en Venecia

El Palazzo Smonti se divisa en todo su esplendor
al norte del puente de Rialto, sobre el Gran Canal,
en la orilla oeste de San Marcos, casi frente al *Campo della Pescaria*, el principal mercado de pescado
de Venecia. Su sombra se proyecta sobre un enorme
rectángulo de agua verdosa —y con un ligero olor a
cloaca— poblado de góndolas, taxis acuáticos, *traghetti*, *vaporetti* y embarcaciones privadas. Es un
martes soleado y primaveral sin Aqcua Alta.

La fachada, en perfecto estado de conservación,

es de estilo arabesco y de un tono marrón rosado. Alcanza los doce metros de altura y aparece salpicada por quince ventanales con techo a dos aguas distribuidos entre las tres plantas que la forman. La construcción data de los últimos años del siglo XVII, de la época en que «El cura rojo» y Albinoni componían su música mientras Canaletto nacía para pintar Venecia; en aquel entonces, la urbe estaba considerada uno de los principales centros de creación artística europeos. No obstante, a la Serenísima República de San Marcos le quedaba tan solo un siglo para marchitarse en manos de Napoleón. El palacio había pertenecido al *duca* Silvestro Valier a finales del siglo XVII; más tarde, a un descendiente especialmente adinerado de Bach; después y durante generaciones, a la familia del empresario Alessandro Zorita, quien había forjado un imperio vendiendo a los ingleses el cristal de sus fábricas de Murano. El último miembro vivo de los Zorita vendió el maravilloso edificio a Andrónico por dieciocho mil millones de liras italianas. De eso hacía ya más de veinte años.

Al entrar, además de la amplísima sala decorada con muebles italianos del siglo XIX e iluminada por una gran araña de cristal, llama la atención un espejo enmarcado en madera de ébano tallado con los personajes del segundo círculo del infierno de Dante, el de la lujuria, que se eleva hasta casi cubrir los cinco metros de alzado de la planta. Apoyado contra la pared simula duplicar el espacio de la entrada y le confiere a esta un aspecto siniestro: la condena al pecado de la carne se traduce en decenas de almas impelidas por el viento, aplastadas sin piedad contra el marco. En la base del espejo puede leerse en letras doradas la última leyenda de la puerta al infierno: *Lasciate ogne speranza, voi ch'intrate.**

La escalera de mármol se prolonga hacia la izquierda. En ella se encuentran representados con todo lujo de detalles los relieves de los cuatro puentes del Gran Canal por los que discurren las góndolas: los de Rialto y La Academia, el puente de los Descalzos y el de la Constitución, que adquieren bajo la luz alargada una dimensión singular.

El exmarchante de arte Darío Andrónico, dueño del palacio y de otros muchos bienes, disfruta en su despacho de una copa de Romaneè Conti de 1990 —un vino borgoñés que le encanta beber un punto más frío de lo habitual— a la que da suaves toques con el dedo índice de su mano izquierda. Permanece

* «Perded toda esperanza los que aquí entráis.»

sentado en un sillón de 1935, un Jean-Michel Frank tan caro como perfecto. Las paredes están pintadas de un rojo sanguíneo, y mientras bebe contempla el *Sixteen Jackies* de Warhol con gesto de profundo deleite, admirado por la pulcritud de los azules de tebeo de cada uno de los dieciséis retratos de Jaqueline Kennedy. En contra de lo que pudiera parecer, no le preocupa si realmente valen los seis millones de dólares que pagó por ellos hace un par de años en *Sotheby's*, en Nueva York. Con la otra mano, sostiene un teléfono: las buenas noticias llegan antes de lo previsto.

Entre los miembros de la Tertulia Pascal, el círculo social más prestigioso del Viejo Mundo, que se reúne cada jueves desde hace siglos en la *Sala delle Stagioni* del *Caffè Florian* de la plaza de San Marcos, Andrónico tiene fama de ser un dandi trotamundos atractivo y exigente. De origen europeo, está cerca de cumplir los sesenta, aunque aparenta bastantes menos, y posee un gusto refinadísimo para las casas y el vino —buena prueba de ello es la bodega con dos millares de caldos en su mansión sorrentina en Sant'Agnello y otras quince propiedades que tiene repartidas en cuatro continentes—, además de para el arte. Su colección privada incluye obras de Bacon, Picasso, Modigliani y Velázquez, varias obras Pop Art e incunables de un valor incalculable. Su devoción por Goya es un asunto a tratar aparte y en *petit comité*. Lo cierto es que su vida gira en torno al gran pintor español desde hace tantos años que es incapaz de recordarlo.

Ya retirado del mercado del arte y del de la soltería, tiene la expresión y las cejas encrespadas. Su sonrisa resulta siniestra y los ojos son de mar polar, con la córnea tintada de un amarillo pálido e imperceptible para el que no esté al tanto de su rara hepatitis. Con fama de ser un tipo con el talento necesario para saber separar el grano de la paja, había sido mecenas de retratistas de la talla de Eugenne Summers, de fotógrafos como Eric Baldini o Giusseppe Tantini, y de personajes singulares para los que no hay etiqueta posible, de esos que cobran millón y medio de dólares por estampar su semen en un lienzo, o setecientos mil por dejar a una paloma macerarse en su propia sangre.

—*È fatto.**—Al otro lado de la línea una voz rebosante de orgullo le confirma que todo ha salido según lo previsto. Y es que dentro de muy poco, *Satur*-

* «Está hecho.»

no devorando a un hijo, para él la obra más grandiosa de Goya, descansaría junto a sus trece hermanas en el sótano de la Casa del Marqués, un palacio de principios del siglo XX situado en uno de los barrios más emblemáticos de la capital de España; su rincón favorito de Madrid y del mundo. La razón es simple: hay cosas que no se compran con dinero. Adquisiciones imposibles hasta para un multimillonario como él, como las trece «pinturas negras» que le había arrebatado al Museo del Prado o que, mejor dicho, habían arrebatado para él. Una vida de dedicación y un concepto de la propiedad muy particular habían obrado el milagro: el de ser el dueño de la colección de arte privada más espectacular de su época.

Es hora de ponerse en marcha. Ahora es Darío quien realiza una llamada.

En la isla de Torcello, al final del camino que lleva a la catedral de la Asunción y desde una de la veintena de casas habitadas, Massimo Lazzaro contesta al teléfono.

4

Así como una jornada bien empleada produce un dulce sueño, así una vida bien usada causa una dulce muerte.

LEONARDO DA VINCI

El alarido es estremecedor y roza lo esperpéntico. Para los visitantes del Prado e incluso para los transeúntes que circulan aquella mañana ante la Puerta de Murillo, la más cercana a la Sala 67 del museo, el mundo se detiene en seco en ese preciso momento.

También para Marga Gómez, la autora del grito, trabajadora del museo desde hacía ya doce años. Como cada día, lleva puesto el uniforme en el que se distingue la chapa dorada con su nombre en versales. El aspecto de la Sala 67 —donde se exponen las

Pinturas negras de Goya—, parece más propio de una mansión de los horrores que de una de las pinacotecas más prestigiosas del mundo. No recuerda la última vez que sintió tanto frío. Ni tanto asco.

Frente a ella, un cuerpo sin vida yace desnudo en el suelo, decapitado y sin brazos. Como única indumentaria conserva unos calcetines negros y una corbata de Hermès, con el nombre de la marca escrito en letras gigantes en el reverso y anudada a los testículos. Los ojos —dos canicas grotescas alejadas del cadáver, como si se burlaran de quien los contempla desde la distancia— tienen los iris de un azul casi transparente y conservan aún la expresión de horror. La muerte se exhibe desafiante bajo las luces tenues de la 67. Ante semejante espectáculo, Marga no puede contener el vómito.

Tampoco puede evitar santiguarse. A pesar de que la sensación de mareo es cada vez más intensa, trata de aguzar la vista. «El cuerpo se parece... No puede ser... Pero, esa corbata parece la de...», piensa. La forma del torso, la manera en que la cintura da paso a las caderas rectas e incluso el color de los ojos que componen esa mirada siniestra que ahora se marchita, arrancada de un cráneo que no logra localizar... todo aquello le recuerda al profesor.

Pobre hombre. En un alarde de audacia al más puro estilo de Sherlock Holmes, centra su atención en los hombros dislocados y tensos, en la espalda y en las ingles, en las piernas musculosas contraídas en un escorzo imposible. «¿Será esto lo del *rigor mortis?*», se pregunta. Pero sobre todo no puede evitar fijarse de nuevo en aquellas dos pelotas de pimpón rodeadas de arterias, venas y nervios. Es tal la impresión que le causa la imagen que casi se le pasa por alto el navajazo que divide en dos mitades imperfectas, como una herida honda que rasga en dos un rostro, el cuadro *Saturno devorando a un hijo*. La brecha atraviesa el ojo izquierdo de Saturno, que parece una especie de Dr. Hannibal Lecter de pupilas desorbitadas y boca exageradamente grande, recorre el hombro cubierto de sangre de su hijo a medio engullir y se detiene entre las rodillas escuálidas del padre. Siempre le había dado un asco especial ese cuadro, grosero y feo, únicamente apto para el profesor y algunos esnobs, ciudadanos con delirios de grandeza, obsesionados por Goya, o las tres cosas a la vez. Pero ahora le da miedo y no solo náuseas, y se pone a gritar de nuevo como una histérica. Después, no aguanta más y cae al suelo mientras se desmaya. Marga no podrá volver a mirar ninguna de las *Pinturas negras*, ni a entrar a la sala destinada a las pesadillas de Goya y a las suyas propias por el resto de sus días.

Un par de minutos después, el tiempo justo que tardan el personal de seguridad y Raimundo Cabrera, el director del Prado, en llegar corriendo hasta esa zona de la planta cero del edificio Villanueva, la encuentran. Está tendida sobre su propio vómito, y tan cerca del muerto que se podría decir que a punto ha estado de caerse encima. «¡Maldita cotilla!», piensa Cabrera antes de reparar en el resto de la escena.

En las salas y pasillos del museo se respira un sentimiento de tristeza ese primer lunes de mayo. El director marca el teléfono de Emergencias mientras empieza a temblar como un niño perdido.

—Ha pasado «algo» en el Prado. —Y eso es todo lo que acierta a decir al empezar a ser consciente del panorama al que se enfrenta. Entonces, comienza a orinarse en los pantalones.

5

No hay más que salir a la Gran Vía madrileña para darte cuenta de que si el fin del mundo no se produce hoy, ocurrirá mañana.

ÁLEX DE LA IGLESIA

—Algo ha ocurrido en el Prado, creemos que se trata de un asesinato. —Un tono afilado de mujer habla destripando las letras desde el otro lado de la radio del Honda CRV. La voz transmite cierta sorpresa, como si ese tipo de cosas, los muertos, no pudiera estar en lugares tan famosos. El anuncio intimida, aunque seguramente se trate de una falsa alarma. No sería la primera vez que alguien gasta bromas de mal gusto a los Nacionales.

El día anterior, domingo 1 de mayo, el museo había cerrado sus puertas con motivo del Día del Trabajador. Por eso el Paseo del Prado está lleno de signos de la celebración: las manifestaciones en pro de los derechos laborales habían dejado el suelo salpicado de folletos, restos de pancartas y basura. No obstante, la mayoría de los madrileños se había ido de puente: el 2 de mayo es el Día de la Comunidad de Madrid. El ritmo se ha ralentizado en la capital de España, con un tráfico menos congestionado de lo habitual.

Bernardo Vera va al volante. Hoy se cumplen dos semanas de su incorporación como inspector en la Comisaría Madrid-Retiro, en el centro del llamado «Triángulo del Arte», y este es su segundo aviso de homicidio en el tiempo que lleva en la capital. El primero no fue una falsa alarma: cosieron a navajazos a un alemán de veintitrés años en plena plaza Mayor mientras él patrullaba a cien metros de la escena. Cuando pilló al hijo de puta, un tipo de más de cuarenta que no estaba lo suficientemente borracho como para no saber lo que hacía, le entraron ganas de encerrarle en un cuarto oscuro y tenerle despierto a base de golpes una vida entera.

Ya lleva dos horas en el coche y, aunque le guste conducir, tiene las piernas y el abdomen agarrotados porque se pasó la noche «haciendo ejercicio» con una sueca, de esas que no saben beber pero que es demasiado rubia y simpática como para hacerse el duro, y con la que se fue de tapas por La Latina. Menos mal que los dos cafés de El Brillante, a cinco minutos de su apartamento en Ronda de Atocha, estaban muy cargados. El día había empezado bien.

Para Vera Madrid es una ciudad compleja. Nunca había visto el mundo así, desde la perspectiva que otorga observar una ciudad grande y caótica, hermosa y cruel a partes iguales. Extraña. A excepción de viajes puntuales, varias repatriaciones de presos extranjeros, una estancia de seis meses en la Escuela Nacional de Policía en Ávila y las vacaciones de quince días en Denia una vez al año, Santander había sido su único hogar, y el mar Cantábrico, su patria. Los límites de una existencia simple y, hasta cierto punto, feliz. Ahora, a sus cuarenta y tres años, es un cántabro recién llegado a la capital tras ser trasladado de su puesto de subinspector para la Policía Nacional en la Comisaría de Aguas de Cantabria de Santander, en teoría tras ser ascendido, en realidad con la intención de bajarle los humos después de que el comisario González y él acabaran llegando a los puños por el Caso Palafox el pasado mes de marzo. Lleva barba de varios días, mide metro ochenta y cinco y tiene la voz quebrada y una cicatriz en el lado derecho de la cara que le dificulta la precisión en el tiro. La marca de su rostro se hunde al llegar a la mejilla y le confiere un aire distante, como si entre él y el resto de los hombres mediase una línea divisoria. Puede presumir de ser un hombre con la clase de confianza que le da a uno el haberse hecho a sí mismo, inteligente y con suerte: aquel navajazo que le propinaron hacía diez años en Río de la Pila a punto estuvo de costarle la vida.

Activa la sirena, aprieta el acelerador y respira hondo un par de veces. Tras saltarse tres semáforos en rojo, Vera enfila Embajadores en dirección a Atocha a más de noventa por hora para llegar al Paseo del Prado tres minutos después. A su lado, el oficial Manuel Gil, novato y corto de hombría, no puede ocultar su miedo. La semana pasada habían matado a dos compañeros durante una redada en Lavapiés, y aunque la noticia había sido un mazazo para todos, a él le había afectado especialmente. Ya habían hecho varias detenciones yendo juntos de paisano: los tipos sin sangre en las venas no le inspiraban confianza.

Reduce a cuarta, luego a tercera y segunda, para terminar frenando en seco haciendo chirriar las ruedas. Los cinturones se tensan con violencia, y Gil emite un gruñido de desaprobación que Vera ignora sin más.

Aparcan, literalmente, delante de la Puerta de Velázquez, mientras el inspector saca su móvil de uno de los bolsillos del uniforme, teclea un número, y habla con un tono pausado y firme.

—Páseme con quien esté al mando del museo.

6

La ambición suele llevar a las personas a ejecutar los menesteres más viles. Por eso, para trepar, se adopta la misma postura que para arrastrarse.

JONATHAN SWIFT

Venecia, 25 de febrero de 1874. Las noticias llegan tarde, incluso aunque las cosas hayan cambiado en la ciudad desde que la Serenísima República se anexionara seis años atrás al Reino de Italia. Alessandra Octavia Abad tiene diecinueve años y conoce lo ocurrido por los libros, pero sobre todo por lo que ha oído a unos y otros.

El hijo y el nieto de Ludovico Manin presiden la mesa en el Palazzo Vendramin Calergi, un majestuoso edificio de tres plantas que se asoma a la derecha del Gran Canal, en la *sestiere* de Cannaregio. El nieto del *dogo* está pensando en publicar las memorias de su abuelo. Y el escritor Alessandro Manzoni, tan viejo que a Alessandra le parece por momentos una figura de cera, se une a ellos a la hora de los *antipasti*, mientras Giuseppe Verdi observa la escena desde el ocaso de la cincuentena. En junio se representará *Aida* en La Fenice, y el compositor está en la *cità* buscando soprano. Se le nota entusiasmado con la cita en Venecia, quizá por haber estrenado en ella años antes su *Rigoletto*, y también *La Traviata*, ambas con idéntico éxito. Su pelo gris es abundante y luce el bigote y la barba cuidados con esmero, observa Alessandra. Además, la nariz grande le otorga una presencia poderosa, aunque su mirada esmeralda sea bonachona. También le impresionan su sombrero de copa en seda y la enorme corbata roja que le asoma bajo la levita.

El grupo disfruta de la velada en el comedor del *piano nobile*, la planta principal del *palazzo*, con los balcones abiertos al Gran Canal. Está decorado con pinturas entre las que la joven reconoce un Ruisdael: un horizonte plomizo sobre un mar tormentoso sin relámpagos, como si al holandés se le hubiera olvidado dibujarlos. Pero lo que no puede dejar de admirar —mientras alguien le pregunta si ha venido acompañada de su marido— es el *Retrato de la familia Vendramin*, de un tal Tiziano que, según parece, vivió cien años.

Las rosas del invernadero están dispuestas en jarrones de cristal de Murano y su aroma contribuye a crear una atmósfera elegante. En el ángulo opuesto de la sala, un retrato de la duquesa de Berry inmortaliza a la legendaria abuela del propietario de la construcción, el conde de Bardi. En él aparece cuando aún era una joven preciosa y de piel quebradiza, con una perla como único adorno sobre su escote. De ella se cuenta que tuvo una de las vidas más interesantes que Europa haya podido conocer.

Desde que Napoleón los prohibiera muchos años antes de que Alessandra naciera, en Venecia no se celebran los carnavales. Sin embargo, grandes palacios como el de Vendramin aún conservan la tradición, con el secretismo propio de la festividad. Y en especial aquel día, el más importante: el *martedì grasso*.

Pero hoy, lord Amadeo Tyler —nombrado lord por la reina Victoria en agradecimiento a los servicios prestados como gobernador en la India Británica, Amadeo por la profunda admiración que sus padres sentían hacia Mozart, a quien conocieron en persona en un viaje a París, y Tyler por pertenecer a una de las familias más poderosas de Londres— es el único que juega a los disfraces, quizá porque le divierta o porque tras su *maschera* se burla de la tradición milenaria. El antifaz blanco y el tabardo le sientan especialmente mal. Bajo el atuendo, la voz afeminada de Amadeo permite adivinar a un hombre desagradable y lleno de contradicciones, como la de poseer la mayor colección privada de acuarelas de Turner y carecer del más mínimo interés hacia el arte. Esa noche se muestra especialmente vulgar con Alessandra, que agradece que la cara vulcanizada por las cicatrices de la viruela y su nariz prominente —ahora a dos centímetros de la suya— estén parcialmente ocultas.

Alessandra no sabe si Amadeo ha sido invitado formalmente o se ha presentado por su cuenta. Sea como fuere, y debido a su apellido y a un relativo don de gentes, lord Tyler es bien recibido en las mejores casas europeas. Y a Alessandra Abad, a la que no le molesta pasar por encima de muchas cosas —y por debajo de otras— con tal de conseguir lo que quiere, le viene bien que un lord esté en esa cena. Ella sí ha sido invitada, sin duda por su capacidad para hacer amigos y hacerse famosa entre las mujeres, al encarnar el ideal de mujer hermosa e intelectual, y entre los hombres de los círculos más selectos del Viejo Continente, por otras habilidades.

El joven conde de Bardi y su prometida hablan entusiasmados de su futuro enlace en Cannes. Seguidamente, Martín Rico describe el paisaje en el que está trabajando mientras Louise, su guapa mujer francesa, le mira con devoción. La pareja manifiesta también su deseo de que llegue el verano para pasar una temporada en alguno de los balnearios del Lido, una lengua de agua y arena cercana al caos veneciano. La señora Cecilia de Madrazo, española como Rico, asiente mientras degusta su copa de *prosecco*. Es coleccionista de antigüedades y se aloja allí mismo, en busca de lienzos del siglo XVII, con especial interés en adquirir un Bellotto o un Piazzetta. Por eso Alessandra Abad le habla de su pequeña y cercana *galleria d'arte*:

—Mis mayores tesoros son dos dibujos de Goya que me legó mi tatarabuelo materno, que era español y coincidió hace años con el pintor en Roma, ciudad en la que trabaron amistad; Goya arrancó dos hojas de su cuaderno y se las regaló a modo de despedida. —Alessandra nota en los ojos de Cecilia la sorpresa ante su español casi perfecto solo teñido de un deje dulce y, entonces, añade—: Mi madre también nació en Madrid.

Enrique de Bardi le confesará después y durante un encuentro más que cordial en una casa no muy alejada de *Ca'Vendramin* que lo que más admiraba la señora Madrazo de ella era su belleza.

Queda atrás la medianoche, y con los vasos llenos de *amaretto* y las bandejas con chocolate, además de opio para fumar, la charla se relaja y el microuniverso del Vendramin se trivializa. Alessandra tiene la boca pintada de un rojo profundo y no le cuesta como otras veces mostrarse alegre, porque todo ahora parece como en un sueño, laxo y deliciosamente informal. Justo entonces, Tyler le enseña la carta como si fuera un mapa del tesoro. Como queriendo corroborar la noticia y darle un aire de chisme de barrio bajo. Como si Goya valiese únicamente eso.

Madrid, 12 de diciembre de 1873

Mi muy estimado Amadeo,
Recientemente he adquirido la Quinta del Sordo, una casona madrileña que perteneció a Goya, comprándosela al señor Caumont. El mejor restaurador de España, el señor Martínez Cubells, va a ser el encargado de trasladar las pinturas de don Francisco, que allí llaman «Negras», a lienzo. El proceso es muy trabajoso, pues el genio plasmó las composiciones directamente sobre los muros de su casa... ¡Loco! Aún no he hablado con Cubells, pero tengo contactos que me aseguran que no se mueve de su despacho del Museo Na-

cional de Pintura y Escultura de Madrid. Espero
llegar a un acuerdo económico que sea satisfacto-
rio para ambos.

Atentamente, su amigo,

Frédérique Emile d'Erlanger

Amadeo Tyler sonríe tanto como puede, dejando
a la vista las hileras mal alineadas de dientes amarillos
por el descuido y el tabaco. Esa manera suya de tocar, aunque al principio solo se trate de los hombros,
le provoca náuseas. Pero consiente, porque Alessandra se vuelve de hielo cuando de poder y de arte se
trata. De sobra sabe lo que tiene que hacer a continuación. Bebe con prisa un trago de *champagne* y le
da una calada a su cigarrillo; con la otra mano se acaricia el pelo. Le emociona tanto la buena noticia que
a punto está de besar al despreciable lord.

7

Todo deseo estancado es un veneno.

ANDRÉ MAUROIS

Al director del Prado la situación le supera. Lleva siete años en el cargo y nunca ha visto ni espera volver a ver nada ni remotamente parecido a lo que se enfrenta ahora.

El señor Cabrera, doctor *cum laude* por la Universidad de Georgetown por su tesis sobre Giotto y *honoris causa* por la Universidad de Sevilla, había comenzado su carrera como becario en el Departamento de Restauración del Thyssen en la década de los noventa. Antes del cambio de siglo ya había sido nombrado director de restauración del Prado, un ascenso especialmente meteórico para un hombre con nulo don de gentes. A partir de ahí y a base de medrar se había hecho con el cargo de director de la pinacoteca en tan solo un par de años. A pesar de ello, entendía como nadie de pintura italiana de los siglos XV y XVI. Rafael, Veronés y Tintoretto habían sido sus ídolos desde que tenía uso de memoria. A veces mira *La Anunciación* de Fra Angélico con tanto deleite que parece que va a alcanzar el éxtasis.

Aunque le caiga mal al noventa y nueve por ciento del mundillo de la museología europea, ni el peor de sus enemigos le hubiera deseado aquel horrible percance. Y es que era la primera vez que Cabrera se veía obligado a cerrar el museo a cal y canto fuera del calendario establecido, y desde luego la primera que se orinaba encima tras ver parte de un cadáver delante de una de las obras más valiosas de Goya destrozada. Aún no sabe qué le impresiona más, si el *Saturno* cosido a navajazos o el cuerpo descuartizado en el que cree reconocer, por motivos inconfesables, a su colega, el profesor Estephan Morales.

A través de los ventanales de su despacho y con vistas al bulevar del Prado observa cómo un par de coches de la Policía Nacional y una ambulancia rodean el perímetro del edificio, mientras los curiosos se amontonan frente a las puertas del museo. Va a ser un día muy largo. Los visitantes hacen cola ante las taquillas visiblemente molestos por el retraso en la hora de apertura. Cabrera manda colgar en las puertas de Goya, Velázquez y Murillo una docena de folios impresos por él mismo: CERRADO POR CAUSAS DE FUERZA MAYOR.

El director camina impaciente mientras nota cómo las piernas le tiemblan. Apura el sexto Winston del día con caladas hondas y nerviosas al tiempo que avanza por los pasillos con la chaqueta gris de Zegna colgando de cualquier manera bajo el brazo. En torno a las axilas el sudor le dibuja en la camisa unos círculos cada vez más indiscretos. Se pregunta cómo ha podido llegar a este punto. Para cuando por fin alcanza la Puerta de Velázquez, la corbata a rombos le rodea el cuello, como si fuera la soga de un ahorcado. Tiene un aspecto avejentado, y no solo por las arrugas propias de la edad, ni siquiera por la escasez de pelo, sino por algo en su gesto, en su expresión corporal incluso, que le hace parecer débil y expuesto a una especie de flojera crónica: Cabrera es un ser escuálido al que parece que le hayan chupado la sangre un puñado de sanguijuelas. Visto de espaldas se asemeja a un anciano, con la chepa asomando y los pasos torpes. O a un cobarde.

Un tal inspector Vera le había llamado hacía menos de cinco minutos para reunirse con él en persona y evaluar la situación:

—¿Es usted el responsable del museo? Estoy en la Puerta de Velázquez. Que nadie entre en esa sala hasta que lleguemos. Nada de datos a la prensa, señor Cabrera, ni de llamadas. Ni a familiares, ni a amigos, ni a presidentes ni a nadie. Trate de relajarse. ¿Está seguro de que no es una broma de mal gusto? —Por el acento imagina que es del norte y bastante prepotente. Tiene la voz ronca, como cortada en dos tonos. «¿Que si estoy seguro de si no es una broma? Lo que me faltaba», pensó para sus adentros.

Odiaba a Morales. Le había odiado con todas sus fuerzas desde que puso sus manos jóvenes y delicadas al servicio del museo. Odiaba a Morales porque no hacía más que cuestionar la autenticidad de algunas pinturas de Goya expuestas en el Prado sin aportar una hipótesis sólida sobre el tema. Odiaba a Morales por su estilo vistiendo y por su cuerpo de jugador de remo de Cambridge aficionado al yoga. Pero sobre todo, detestaba a Morales por haberse dejado embaucar por él hasta perder la razón. Y es que Estephan Morales no era ni santo de su devoción ni de la devoción de nadie: su pinta de treintañero guaperas chapado a la antigua y su repelente gusto para el arte le habían granjeado la antipatía del profesorado de la Complutense al completo, donde impartía clases de Historia Moderna de la Pintura Española, y la de toda la plantilla del Ministerio de Cultura.

Y ahora esto, alguien jugando a las disecciones en su museo. ¿Qué habría ocurrido en la Sala 67? ¿A ver cómo le explicaba ahora al chulo del inspector que la noche de autos el sistema de grabación del Prado se había desconectado por orden directa suya. «¿Está seguro, Cabrera?», le había preguntado estupefacto el jefe de seguridad, un tipo de una profesionalidad inquebrantable. Por no mencionar que la mitad del personal de vigilancia había sido obsequiado con una noche libre por obra y gracia de un Raimundo Cabrera en un acto de autoridad impropio de él, al que ahora le castañetean los dientes como si fuera una niña frente al hombre del saco. Solo deseaba una cosa: no verse obligado a revelar los detalles de su relación con la presunta víctima. Y, sin embargo, se sentía sobrepasado por su desgraciado final.

No hacía una semana se habían visto para almorzar bajo la cúpula del Palace. Aquel maldito fingía no darse cuenta del poder que ejercía sobre él, de lo endiabladamente guapo que era y de lo que provocaba en él la contemplación de su nariz griega bajo la luz que caía en cascada sobre su rostro o el brillo de sus ojos del color del cielo. Morales le había citado aquel día reclamando su ayuda.

—Necesito que me hagas un favor, Rai. Serán solo unas horas, Rai; sin preguntas, Rai. —Entonces, deslizó hacia él un cheque de cuatro cifras y añadió—: Por las molestias, Rai.

—¿No irás a hacer una tontería con algún cuadro? —preguntó Cabrera entre bocados de *burrata* con tomate confitado y sorbos de Martini seco.

—¿Crees que estoy loco, Rai? *Innerhalb von Stunden**—le susurró clavándole la mirada y aproximándose a él a sabiendas de lo que le excitaba escucharle hablar en alemán.

Si desde que entró por la puerta medio Palace había reparado en Estephan, en aquel momento todos los presentes contemplaban absortos la escena.

Quisiera haberle matado allí mismo, como en el *Duelo a garrotazos* de Goya. Sin embargo, únicamente tuvo valor para esgrimir un «de acuerdo», sin ser consciente entonces de lo que de verdad se le venía encima.

* «Solo unas horas.»

8

Cien profundas soledades forman juntas
la ciudad de Venecia —esa es su magia—.
Una imagen para los hombres del futuro.

FRIEDERICH NIETZSCHE

Venecia es un hervidero de gente en primavera y
un lugar para el asombro. Un híbrido de mar y tierra, de lago y río. Una acuarela que habría desaparecido de no ser porque los antiguos venecianos —que
actualmente no suman más de sesenta mil almas en
toda la urbe— hicieron de las islas su hogar. Se trata
de un lugar mágico.

Luce una mañana ideal para los que toman fotos
del Gran Canal encaramados al Puente de Rialto
mientras los más afortunados contemplan, desde el
balcón de alguna de las carísimas habitaciones con

vistas a la Laguna, cómo el agua guarda la luz de todos sus amaneceres. Es también el día perfecto para los que regatean paseos en góndola —sin saber que la casa siempre gana—, compran máscaras de carnaval *made in China* en los puestos de Riva degli Schiavoni frente al Danieli y llegan en peregrinaje hasta la inmensa plaza de San Marcos, fascinados por la vista ofrecida desde el Campanario y por estar en el sanctasanctórum del Romanticismo.

Cuando está en Venecia y no en su isla privada en cayo Largo, Florida, o en su mansión decimonónica junto a la parisina plaza de Trocadero, o en la villa que tiene en la milla de oro de Puerto Banús o en la Casa del Marqués en Madrid, Darío Andrónico se levanta siempre a las siete para admirar al sol deslizarse ligero a través de sus párpados iluminando luego y sin pudores su cama. Después, y conforme el día conquista Venecia, escucha los doce conciertos de *L'Estro Armonico* de Vivaldi ejecutados con violines de la época y se viste recreándose en el arte de combinar las prendas —en esta ocasión se decide por un *blazer* amarillo de Savile Road, camisa blanca y pantalones de pinzas azul marino—. Más tarde relee a Joyce, «Solemne, el gordo Buck Mulligan avanzó desde la salida de la escalera, llevando un cuenco de espuma de jabón», interrumpiendo la lectura para contemplar el Modigliani robado por los nazis durante la Segunda Guerra Mundial y rescatado en una subasta de arte en Basilea. Entretanto, saborea una taza de café Harrar con alguna pasta horneada en la Pastiteceria Tonolo. Por último, abandona el *palazzo* a las diez en punto para dar el paseo habitual, porque Andrónico es un hombre de costumbres férreas.

El recorrido no puede ser más agradable. En vez de tomar la embarcación que él mismo maneja, un *bragòzzo* llamado *Plenilunio*, cruza el puente de Rialto, pues se siente cómodo entre la gente. Sigue por Ruga dei Oresi, donde se para a contemplar San Giacometo, ya en San Polo. Unos metros más adelante atraviesa la Ruga dei Spezieri, gira por la calle de la Doncella y se encuentra con el magnífico Campo della Pescaria, marcado a fuego por el olor de los lenguados, las sardinas y los cangrejos, y por las persianas rojas que delimitan los puestos. Cada vez que pasa por allí piensa lo mismo, que aquel lugar es el museo de Historia natural improvisado de la ciudad. Las vistas y el sabor a vida tiñen el ambiente de un realismo único.

Minutos más tarde penetra en las entrañas de Santa Croce y llega a la calle Dei Morti para almorzar algo ligero en la Osteria Antico Giardinetto, leer *Il Gazzettino di Venezia* y *The New York Times*: le encanta estar al día de las noticias. El jardín al aire libre del pequeño restaurante es una delicia, la comida exquisita y la camarera silenciosa. Pide unas almejas al vapor y una exclusiva botella de Valpolicella.

Encuentra a Massimo Lazzaro con el pequeño puro de siempre asomando en su boca y la mirada perdida en algún punto de la Basilica di Santa Maria della Salute, esperando paciente en la puerta de madera del Harry's Bar. Los dos faroles que cuelgan del primer piso del edificio antiguo hacen que uno imagine un lugar especial. Es la una en punto y por primera vez en todo el día una nube oculta el sol.

Lazzaro deja entrever sus característicos ojos de topo bajo unas gafas de pasta negra que le otorgan la apariencia de un ratón de biblioteca y también la de un ser expatriado de algún pueblo del norte de Italia de hace cincuenta años. Llevan un par de meses sin verse: Venecia puede ser una ciudad poco propicia a los encuentros casuales. El abrazo está desnudo de todo afecto y no implica más prólogo que una mueca vacía. No se aprecian pero se necesitan, y ambos tienen claro lo que eso significa. Lazzaro lleva quince años ejerciendo de perro fiel de Andrónico, exactamente desde el incidente de Parma: el que fuera un viaje de trabajo cualquiera para Massimo, comerciante de molduras de buena calidad, no lo fue así para Darío, que se vio sorprendido por aquel idiota en una situación comprometida, una de esas en las que toca elegir entre apretar el gatillo o comprar el silencio a golpe de talonario. Andrónico optó por la solución intermedia, dar trabajo a un ser discreto, leal y gran admirador de la pintura española del siglo XVIII. Siempre que le cita, *il signore* huele su miedo: el pobre hombre sabe que cualquier movimiento en falso le costaría algo más que el meñique que le costó aquella historia de hacía dos años. Por eso, y por la actitud implacable que Andrónico mostró entonces, cada vez que algo no sale según lo previsto, el respeto que Massimo Lazzaro siente hacia su jefe se torna, más bien, en pánico.

Durante los primeros tiempos el contacto se reducía a llamadas telefónicas entre susurros, conversaciones discretas y apretones de manos bajo el mantel. Se veían en un bar desconocido por la alta sociedad veneciana, Il Paradiso de Castello, en una calle paralela al Canal y desprovista del atractivo del resto de la urbe. Pero el poder concede a los hombres el privilegio de no tener que esconderse y por eso ahora dialogan despreocupadamente, y las caras que se posan en la de *il signore* permanecen ajenas a la verdad, conscientes de que ni el más avispado de los seres podría estar jamás al tanto de los secretos de la vida de Darío Andrónico. Así, mascota y dueño beben su cóctel Bellini en la mesa de siempre y saborean el *carpaccio* de buey, a sabiendas de lo que al señor Cipriani le complace que una bebida y un plato inventados en el restaurante que fundó su abuelo sigan siendo la combinación favorita de su mejor cliente.

El sonido de un piano llega amortiguado por el hormigón: en el piso de arriba alguien toca el *Nocturno número 7* de Field.

—El cuadro va camino de la Casa del Marqués —comenta Lazzaro mientras apura el segundo Bellini. Es la viva estampa de un perrillo meneando la cola en busca de su premio: una mueca de aprobación y un cheque muy jugoso.

—Saldré para Madrid mañana.

—Lo prepararé todo. —Se hace un silencio que dura apenas un par de segundos. El terreno es pantanoso y Massimo pestañea tras sus gafas—. Desde el aeropuerto de Marco Polo llegaría en dos horas a Madrid. —Otra vez el desglose exagerado de cada letra, la mirada tímida a su Rolex como si ganar tiempo lo justificara todo, arrepentido ya de haberse concedido una licencia que sabe que no es pequeña. Andrónico fija la vista en un punto concreto del Harry's, como si tratase de perforar con la mirada las paredes del restaurante para poder zambullirse en el verde de la Laguna. Parece entregado a los compases finales de la música—. ¿No prefiere esa opción?

—Una nota aguda, como el gemido de una presa acorralada, queda disimulada por el ruido del ambiente.

Mutismo de los que duelen y se clavan como púas en los sesos. Sensación de asfixia incipiente. Massimo no tiene dónde esconderse, y seguramente por eso se centra obsesivamente en las falanges de la mano izquierda que aún conserva, como pidiendo clemencia. Darío Andrónico repasa su manicura, deteniéndose en las zonas más pulidas e imaginando sus cutículas enrolladas con cuidado y en algodón en algún contenedor. El esmaltado *nude* es imperceptible. Luego se recrea en las pupilas dilatadas de su interlocutor. Qué placentero le resulta infundir pánico.

—El *Orient Express* estará bien. ¿Sale mañana?

—A las diez en punto. Tiene billete en la *Orient suite*, como siempre. —Lazzaro nunca sería tan temerario como para dejar esa clase de cabos sueltos—. Es un viaje muy agradable, ¿verdad? Le gustará tanto, espero, como en el resto de las ocasiones. Tendrá que hacer transbordo en París para coger el *Francisco de Goya* a Madrid.

—No hay problema. Haré la parada acostumbrada en la casa de Trocadero. La señorita María organizará todo para que recojas mi equipaje a medianoche. Recuerda: la puerta trasera. Prepara el *Plenilunio* para el viaje a Santa Lucía. —Lazzaro asiente con la cabeza.

—¿Se verán esta vez? —Otra vez el gesto de condenado de antes.

—Eso no lo sé. Y, por cierto... —Andrónico se aproxima a Lazzaro muy despacio, deleitándose con la tensión que provoca su gesto, hasta que su cabeza casi roza las gafas de pasta, quedando a escasos milímetros de la nariz del excomerciante de molduras. Entonces, lo que parece que va a ser un susurro se hace audible para medio Harry's—, como vuelvas a joderme con el tema de los aviones te parto el cuello.

9

¿Preferirías ser un asesino... o su víctima?

JOHN VERDON

—Tenemos tela para rato. —El inspector Vera habla dejando a la vista los caninos superiores mientras se desabrocha el primer botón de la camisa. No se detiene en el personal del Prado, congregado en una pared y estudiándole de reojo. Echa un vistazo a la Sala 67, diseccionándola con ojos de sabueso y dando los pasos justos para evitar contaminar todavía más la escena. Tantea la esquina izquierda del fondo: una pintura mutilada, una navaja, los restos de lo que fue un hombre. Se concede tiempo para la introspección. Es su primera vez en el museo.

Durante los primeros diez minutos de su recorrido por la sala apenas presta atención al cadáver —el recién denominado «señor X»—. Con los años había aprendido que la impresión que deja lo aparentemente secundario resulta *a posteriori* imprescindible. Cabrera y Gil aguardan el diagnóstico. Pero el inspector se toma su tiempo porque es listo, y a los listos la prisa les estorba. Casi con parsimonia escudriña el terreno, baraja mentalmente y analiza las cartas para luego irlas descartando.

Y a él, que nunca le había conmovido el arte, que hasta ese momento solo había oído hablar de las Majas y Los fusilamientos en el instituto, el cuadro descompuesto le deja sin habla, más incluso que el cuerpo desmembrado con el que se topa con el rabillo del ojo. Considera innecesario y morboso que alguien se ponga a pintar algo así y que, además, toda una corte de admiradores venere la hazaña porque se trata de una obra de Goya. También él habría cosido a navajazos el cuadro.

El protagonista de *Saturno devorando a un hijo* es un desquiciado con las pupilas dilatadas. Las córneas le recuerdan a un sudario y la boca permanece abierta en una oda al espanto, visible tras lo que queda del hombre que se está comiendo. La escena, a la que ahora atraviesa una brecha que parece vengarse del caníbal que es Saturno, es digna de escalofrío.

El señor X está en el suelo convertido en un ejemplar de circo de los horrores, sin parte de los brazos y sin la cabeza, excepto por los ojos azules, situados a un metro del tronco. Y el inspector sabe que el espectáculo está sobado al milímetro, meditado seguramente meses antes de su ejecución. Parece que alguien haya congelado el fotograma estrella de una película de terror para que más tarde un montón de policías traten de extraer de él el hilo narrativo. Y Vera comienza a preguntarse si la disposición de los ojos encierra algún mensaje, o si no es casualidad que los brazos de la víctima y los del desgraciado del lienzo estén amputados a la misma altura, faltando en ambos casos la cabeza. O si el daño causado en el lienzo está relacionado con el asesinato o responde tan solo a un acto de puro placer vandálico.

Algo huele a podrido en la 67. A muerto sin cámara frigorífica. A sangre y a filme *gore*.

—Anota, Gil, para cuando venga la Científica. Uno, huellas. Dos, quiero un estudio a fondo de los restos biológicos de la pintura, que me da que serán del señor X y con suerte del asesino o asesinos. Tres, y lo quiero para ya, que busquen señales indicativas del uso en la navaja, que está demasiado limpia. Ya sabes, luminol y todo lo demás. Cuatro, que la Unidad Canina dé prioridad absoluta a la búsqueda del arma homicida, que con este juguete —Vera se pone unos guantes y abre una bolsa para muestras— no debieron de hacerle nada al cuadro y mucho menos al muerto, a lo sumo cosquillas en comparación con las amputaciones practicadas con algo más... contundente. Así que les llamas ahora mismo y que se pongan a peinar museo y alrededores como si les fuera la vida en ello. ¡Ah! —el inspector levanta el índice como quien se ha dejado algo pesado en el tintero—, que los chicos de la Científica tengan en cuenta que es posible que den con dos tipos de ADN, puede que incluso con tres. Y que verifiquen, de encontrarlas, claro, si el arma o armas del crimen y la de la carnicería del *Saturno* coinciden. Y para elaborar el esquema sobre el que trabajaremos —está a punto de decir «el lienzo sobre el que vamos a ir pintando»— hay que averiguar si obligaron al tipo que se convirtió en esto —Vera pone un gesto de compasión; realmente la siente— a destrozar el cuadro. Por supuesto, es fundamental identificar a la víctima; corroborar si es o no es, como parece asegurar la celadora, el tal Estephan Morales, que por cierto, ni nos coge el teléfono ni se ha presentado a la clase que tenía hace una hora. Y si es así, que investiguen todo sobre sus relaciones personales. Trabajaremos sobre la hipótesis de un crimen pasional, porque me da que alguien quiere darnos gato por liebre, y de momento no cuela. Además, quiero acceso a las grabaciones de las cámaras del recinto y también a las del Paseo del Prado. Habla con Tráfico. Vamos a encontrar al cabrón responsable.

Mientras tanto, Cabrera observa con los ojos aún llorosos el cadáver desde una distancia poco prudencial. Pretende dárselas de duro y de dueño de sus emociones, pero se acerca tanto que le entran arcadas.

A pesar de su actitud ridícula, con ese empeño mecánico en sacarle algo de poético a la muerte, el tipo le cae bien a Vera. O probablemente sea que le dé pena. Nunca había visto sudar así a nadie sin necesidad de correr una maratón. Se ha aflojado el nudo de la corbata para no desmayarse; y es que está verdadera y excesivamente asustado, aunque no es para menos.

Desde el primer apretón de manos, al palpar la piel helada del director, Vera supo que Cabrera estaría dispuesto a colaborar: tenía pinta de ser de los que se esmeran ante la petición de un agente del orden público. Pero también intuyó que se guardaba unos cuantos ases en la manga.

—¿Te lo follabas, Raimundo? —El susurro del inspector tiene la potencia justa para ser audible y pilla al contrincante desprevenido, igualito que un puñetazo en las narices. Por lo teatral de la mueca y por la manera en que la sorpresa le cambia las pupilas,

Bernardo Vera empieza a atisbar puerto—. ¿Cuándo le encontraron y quién lo hizo? —El montañés sigue preguntando como si el otro hubiera escuchado mal.

—La está atendiendo el SAMUR, está muy mareada. —El tonto de Gil es quien habla primero.

—Lo encontró Marga Gómez, una trabajadora del museo. —A Cabrera apenas le sale un hilo de voz del pecho. Está como hipnotizado, con la mirada fija en el tronco y las piernas del que supone es su amigo, y además en *shock* por el daño infringido al *Saturno*.

El inspector agarra entonces al director del hombro. La piel de Cabrera se eriza bajo la camisa sudada conforme le gira el cuerpo ciento ochenta grados, de espaldas a los monstruos. Dedica unos segundos a mirarle como miraría a una mujer asustada: con el mismo gesto amable y una sonrisa de las que inspiran confianza.

—No van a cambiar. Que le busquen una tila mientras trabajamos. Estará más tranquilo si intenta despejar la cabeza. El día va a ser largo, director.

El silencio se vuelve absoluto. El par de Nacionales que flanquea la entrada de la 67 no para de tragar saliva. El forense iba a retrasarse, acababa de llamar. Y Bernardo se había alegrado de escuchar la primera voz firme de la mañana. Por otra parte, su superior, el comisario Gálvez, tardaría seguramente unas cuantas horas más en poner manga por hombro el Prado —corrían rumores de que estaba de puente—, y allí no se había presentado ningún otro alto cargo a decidir si llevarse o no el *Saturno*, si es que alguien del gremio tenía alguna potestad para eso, y quién sabe qué más.

—¿Tenemos ya acceso a las cámaras de seguridad, Gil?

—No. Es decir, tenemos acceso. Pero ese día... Ese día no estaban grabando. —Cabrera, ostensiblemente preocupado, se adelanta a la respuesta del oficial. Todo en él flojea.

Se hace un silencio como el de un pozo sin fondo.

—¿Qué me cuenta, director? —El vacío se ensancha, Raimundo Cabrera hace malabares para que la infusión que acaban de traerle no acabe en el suelo, y Vera se encarga de aprovechar la situación—. Dígame, ¿cuántas obras hay aquí?

—¿En la Sala 67? Catorce.

—En todo el puñetero museo. Sé contar, joder.

—¿En todo el museo, incluyendo los subterráneos?

—¡No te fastidia! Incluyendo hasta al *Renoir* que colgará de tu despacho.

—Más de ocho mil pinturas, más de ocho mil dibujos, más de cuatro mil grabados y más de novecientas esculturas.

—Guau. —El inspector aplaude sarcástico y sonríe. Nota que el muy idiota de Cabrera le sigue observando de esa manera en que le miran algunas mujeres—. Me sorprende que no hayan sido lo suficientemente competentes como para grabar unos acontecimientos de tal calado en su museo, e incluyo, claro está, el cómo alguien ha destrozado una obra valorada en... ¿De cuánto dinero hablamos, señor?

—No hablamos de dinero. Hablamos de valor artístico... Hablamos de arte.

—Hablamos de que no me toque los cojones. Habrá alguna aseguradora que tenga que compensarles por las molestias. ¿Lloyd, quizá? ¿Varias compañías, tal vez?

—Sí, claro.

—Entonces, vale pasta.

—Si es así como lo va a pintar, muchísima.

—Ja, ja... La cosa tiene su gracia, Cabrera. Porque ahora a ver quién arregla esto. Y ya no le digo lo del muerto, que eso no lo solucionan ni en Lourdes. ¿Sabe usted cuando dicen eso de «Causa de la muerte: parada cardiorrespiratoria»?

—Sí.

—Pues le aseguro que este se murió de miedo. Y a mí me va a dar un pasmo si no me da una razón convincente por la que este asesinato... estos dos crímenes —Vera mira tragicómicamente la pintura—

no estén registrados como debiera. Hay locos para todo, pero espero que no sean de los que se saltan normas así en su museo. Y de verdad rezo para que el responsable directo de los sistemas de seguridad del Prado no sea usted, porque entonces le cortamos las pelotas y nos las comemos luego.

—Es que no sabíamos lo que iba a pasar.

—¿¡Qué te parece!? ¡Que no lo sabían! ¡Pues para eso están las cámaras! Para hacer su trabajo y que no tengamos que venir medio Cuerpo de Policía a jugar al Cluedo. Dígame, ¿qué ha pasado? —El inspector relajó el tono intencionadamente. Si no, y sin interrogatorio de por medio, es consciente de que no va a conseguir ni un pío válido por parte del director.

Y el policía nota la respiración acelerada de Raimundo Cabrera haciendo esfuerzos para no hiperventilar, al intuir lo que se le puede venir encima. Al fin y al cabo, no es tan tonto, porque las palabras mágicas nacen de su boca como si las hubiera ensayado decenas de veces.

—Necesito un abogado.

—Está bien, pero dígame antes quién es el experto en Goya del museo.

10

Hay una mujer al principio de todas las grandes cosas.

ALPHONSE DE LAMARTINE

Las campanadas de Los Jerónimos dan las doce. Un Raimundo Cabrera ostensiblemente preocupado por las circunstancias facilita el número de Ada Adler al inspector Vera, con un desprecio que no se molesta en disimular. Acto seguido continúa peinando su lista de contactos en busca de un abogado que le saque de semejante culebrón.

A pesar de quedar claro que la mujer no es santo de su devoción, el director del Prado admite dos cosas: que está considerada a nivel mundial como una de las mejores especialistas en la obra de Goya y que mantenía una relación muy estrecha con la, hasta ahora, presunta víctima. Según confiesa a Vera, a Estephan Morales y a la Adler les unía mucho más que la obra del pintor.

El inspector rápidamente confirma en una docena de webs de arte las palabras del director. Relee las notas que ha ido tomando en su libreta acerca de la trayectoria laboral de la afamada experta:

> *Apuntes de Historia*, mayo de 2010: «la doctora Adler recibe la medalla al mérito de Zaragoza por su trayectoria profesional sobre Goya»; *Historia y Arte*, enero de 2011: «Ada Adler presentará en el Museo del Prado su libro *Goya y las Pinturas negras*, recientemente galardonado con el premio de ensayo Ciudad de Madrid»; *Conocer la Historia*, septiembre de 2012: «Importantes avances realizados por el equipo de la experta Ada Adler sobre la última etapa artística de [...]»

Dado que el forense aún tardará un par de horas en llegar, Vera aprovecha ese lapso de tiempo para hacer trabajo de campo. Encamina sus pasos hasta una terraza situada frente al Ritz y con un cortado enfriándose en la mesa, marca el número de Ada Adler.

—¿La señorita Adler?

—Doctora, si no le importa. —Su voz es áspera; el tono, desafiante.

—Sí, doctora. Y licenciada en Historia del Arte. Y máster en Crítica Artística por la Universidad de Standford. Y *honoris causa* por la Universidad de Chile, además de profesora adjunta de la Universidad Complutense y clara candidata a cátedra, vicepresidenta del Patronato del Museo del Prado, comisaria de varias exposiciones sobre Goya, una de ellas en el Metropolitan, y presidenta de la Asociación *Conocer a Goya*. Impresionante currículum. ¿Quiere que siga?

—Veo que sabe utilizar las redes. Enhorabuena.

—Soy el inspector Bernardo Vera, de la Policía Nacional. El señor Cabrera me ha facilitado su número. Una empleada encontró restos de un cuerpo en la Sala 67 alrededor de las 9.00 horas de la mañana. Los primeros indicios señalan a Estephan Morales como presunta víctima.

—Estoy al tanto, inspector: los rumores vuelan. ¿Qué le falta al cadáver?

—No parece usted muy afectada. Encuentran a un compañero suyo hecho pedazos y su reacción es hacer una pregunta más propia de una sociópata.

—Dudo que haya un protocolo acertado para esto. Los brazos, ¿verdad?

—Tocado.

—Puede que incluso la cabeza.

—¡Hundido! Doctora Adler, me impresiona. —Vera se concede unos segundos—. El tema se sale fuera de todo lo imaginable.

—¿Para usted en particular, o para la Policía Nacional en general?

Al otro lado de la línea se oye una respiración profunda. El inspector hace una breve pausa y continúa:

—El asesino se tomó su tiempo. El arma que hallamos en la 67 no parece que encaje con las amputaciones practicadas. Es probable que quien lo hizo utilizase una guadaña, o una guillotina. Por otra parte, no se aprecian signos de cortes aislados salvo en los ojos, que son lo único que se conserva de la cabeza. Los de la Unidad Canina siguen buscando pistas. Y el forense aún tardará, está ocupado con otra tragedia.

—Demasiado técnico, inspector.

—Y hay un problema.

—¿Quiere decir además del obvio? Me refiero al hecho de que tengo un amigo, a un ex, ¡joder!, que ni me coge el móvil, ni me abre la puerta de su casa ni da señales de vida desde hace más de un día y al que, según deduzco de su jerga de poli de tres al cuarto, puede que en este momento le falten treinta kilos de carne y tres más de sesos. Ni siquiera me ha dicho cómo puede estar tan seguro de que se trata de él. —Su voz se suaviza; resulta evidente que está empezando a acusar el impacto de la noticia.

—No, aún no estamos seguros. Sin embargo, casi media docena de personas parece haber identificado al desgraciado: Marga Gómez, una celadora, y cuatro tipos más de la plantilla han tenido el estómago de echar un ojo. Obviamente necesitaremos mucho más que eso para corroborar si se trata o no de Estephan Morales. Por lo que respecta al cuadro, los de la Científica han encontrado huellas en el *Saturno*, lo que nos hace barajar tres hipótesis: que la víctima fuera asesinada como castigo por dañar la obra, que alguien le obligase a hacerlo antes de matarle o que las huellas sean del asesino. Todavía no las han cotejado y, aunque fueran de Estephan, me adelanto, Agatha Christie: no está fichado.

—Lo habría estado si el vigilante del museo al que pegó una paliza hace meses se hubiera animado a denunciarle. Y todo porque el hombre opinó negativamente sobre algunas pinturas de Goya. Estephan le rompió la nariz, ¿qué le parece? Estaba un poco chalado. Delito penal, huella asegurada, ¿no es así como funciona? —Desde el otro lado de la línea Adler exhala con fuerza—. Por cierto, me estoy perdiendo. Cuadro de *Saturno*... ¿Algo más que lamentar?

—De eso se trata, señorita, porque también hay

que resolver ese tema. Y por eso necesito su opinión profesional.

—¿Sobre el muerto? Guapísimo: un puto diez. —Nota cómo la voz se le quiebra—. Claro que si lo que dice es cierto habrá perdido puntos, supongo.

—Curioso sentido del humor, doctora. Tan joven, treinta y cuatro, ¿no?, y tan irónica. Ni se imagina lo que se puede hacer a un cuerpo si se está lo suficientemente trastornado.

—En serio, ¿es usted policía, o me he quedado atrapada en medio de una pesadilla surrealista? Deberían reunir a un experto en homicidios, a un detective o algo así. Yo soy una profesora de Arte. Esto es de locos.

—Me parece que no me ha entendido. Han abierto en canal al *Saturno* de Goya.

—¡Mierda! ¿Conoce las *Pinturas negras*?

—Solo de verlas hoy. Mucho me temo que va a ser un mal día para el mundo del arte, para nosotros y para la aseguradora que tenga que encargarse del tema. ¿Terraza del Ritz a las dos?

—Turistas. Lagasca 70 en media hora.

11

Todo hombre se parece a su dolor.

ANDRÉ MALRAUX

Madrid, 10 marzo de 1874

Alessandra Octavia Abad, natural de Cannaregio, Venecia, es muy hermosa. Tiene los ojos de un azul intenso, el pelo rubio oscuro y los pómulos marcados, y bajo el chal se adivinan unos hombros perfectos, de líneas bien definidas, como su rostro. Conserva un leve acento italiano en la voz, aunque su español resulte excelente. Está de visita en el Madrid en el que se había criado su madre. Se aloja en el Hotel de los Príncipes, situado en la curva que, como un sol naciente, dibuja la Puerta del Sol frente al Ministerio de Gobernación. Se trata de una edificación asentada —como las Casas de Cordero, el pasaje Matheu y la calle Espoz y Mina colindantes— sobre los solares en los que hacía menos de cuatro décadas se habían erigido el convento de Nuestra Señora de las Victorias y la iglesia del Buen Suceso. Pero aquellos eran otros tiempos, claro.

Encuentra a Salvador Martínez Cubells en su despacho, en teoría por casualidad, en el mismo museo donde meses más tarde, Emile d'Erlanger y él se conocerán. La luz del mediodía se cuela a raudales a través de la ventana del despacho del restaurador.

—No, no tengo parientes aquí; la hermana de mi madre falleció el año pasado: ambas están enterradas en el Cementerio del Norte.

Hombre y mujer pasan la mañana charlando mientras recorren, para gusto y deleite de la señora Abad y, desde luego, para el de Cubells, primero el museo y las pinturas más reconocidas del maestro Francisco de Goya. A la señora Abad parece interesarle especialmente el pintor.

—Este es el *Cazador con sus perros*, y este otro *Baile a orillas del Manzanares*. Esta pintura se llama *Las lavanderas*, y aquí tenemos *El pelele*. No, *El cuaderno italiano* está en Palma de Mallorca; pertenece a una colección particular. Incorporamos *Los fusilamientos* el año pasado a la colección: cuentan que Goya los presenció —le explica el restaurador.

Alessandra estudia las obras cautivada, tratando de almacenar en la retina el inconfundible legado del pintor; después, atraviesan del brazo el Paseo del Prado con su suelo de piedra vieja, tibia por el calor de la primavera. Y a Salvador le sorprende la inocencia de la señora Abad, que no parece reparar en que toda la ciudad la está mirando; que Madrid ahora mismo es ella, con esa cinta celeste en el pelo, la sonrisa en los labios y sus zapatos haciendo un clic-clic delicioso. Tiene la cara aniñada, pero el cuerpo de una mujer tremendamente atractiva.

Llegan a la fuente de la Cibeles, frente al Palacio de Buenavista, donde la estatua de la diosa observa desde su posición privilegiada a los transeúntes, los carruajes y la fuente de Neptuno. Ya enfilado Recoletos Cubells reúne el coraje para adentrarse en sus ojos turquesa e invitarla a cenar.

—Recójame a las siete y media, *signore*.

Su acento almibarado y la cercanía creciente entre ambos erizan la piel del madrileño, que en comparación con la piel lechosa de Alessandra es poco más que un trozo de cuero viejo.

La noche de abril es fresca, y cenan en el restaurante de la segunda planta del Hotel París —el paraíso concentrado en la carrera de San Jerónimo y en el clavel del escote de Alessandra— que luce afrancesado: la comida, la decoración y hasta el mismo aire les hace soñar con la capital de la tercera de las repúblicas de Francia y olvidarse de esa España medio en quiebra, en un Madrid castizo y castigado. Ella lleva un traje de una pieza, de un verde que destaca en medio de la sala. Tiene el pelo recogido solo en parte, y el prendedor le aparta los mechones justos como para dejar asomar la curva de su nuca.

Más tarde, irán al apartamento que él posee en la calle Fuencarral, como sucederá en otras tantas ocasiones y durante toda su estancia en la ciudad. A veces la señora Abad pasará allí tardes enteras, leyendo y mirando por la ventana, besándole y desnudándose para él. Y cuando ella convierta ese espacio en suyo —con el sol penetrando grosero por las contraventanas y asomada de noche al balcón de la casa—, ignorará los lamentos del restaurador para reírse al final de sus ruegos «Por Dios, Alessandra, estoy casado. Te amo; por favor, no me hagas esto». Porque llegados a ese punto él podría naufragar sin acabar de ahogarse, aunque —consciente por momentos de su falta de voluntad— fantasee con echarla de su vida y con verla muerta colgando de una soga. Y presa de la impotencia, también de la rabia a veces, le abandonará la cordura y acabará —después de haber bebido en exceso y de tratar de exiliarla de la memoria— en un banco del bulevar del Prado frente al museo con la cabeza a punto de estallar. Luego llorará como un niño pequeño o, peor, como un hombre al que le han arrancado la hombría. Y descompuesto y borracho —sucio de caerse a veces—, llamará a la puerta de su propio piso como un invitado, como quien pide permiso o suplica piedad. Y le hará el amor y ocultará las lágrimas tras su espalda blanquísima. Y se dará cuenta, siempre al acabar —los dos abrazados, los dos en otra parte—, de que Alessandra es de esa clase de mujeres que nunca pertenecerán a nadie.

Por eso cuando Alessandra le cuenta que ha tenido noticia a través de un amigo de que recientemente un banquero alemán ha comprado la Quinta del Sordo y que piensa visitarlo para encargarle que libere de sus muros unas pinturas que el artista dejó allí atrapadas, Cubells siente una punzada en su corazón, como si advirtiera una minúscula grieta abrirse entre ambos, en medio de una cama que no hace ni unos minutos parecía haber sellado su unión a través del tiempo y para siempre. Salvador se dará cuenta en ese instante de que amar y conocer a Alessandra no son la misma cosa aunque al primer golpe de vista, al primer roce de labios, o tras la primera noche en vela compartida puedan parecerlo. Y entonces deseará no haber desarmado ese espejismo para poder quererla de otra forma. Sin sentir cómo se cierne sobre él la alargada sombra de la tragedia.

Pero lo peor, el golpe que lo romperá por dentro para siempre, llega cuando ella le pide su ayuda, —«un favor», le dice— porque necesita que le entregue a ella los originales de esas «pinturas negras», tan oscuras desde ese instante para Cubells como el alma de la mujer que ha devorado la suya. Así, con su corazón hecho cenizas, no experimentará ni tan siquiera dolor, porque ya no quedará cosa alguna en su pequeño universo que le importe salvo conservar un despacho en un museo y declarar su rendición total a una mujer que no ha dudado en servirse de él para alcanzar sus objetivos. Y asentirá como un esclavo cuando ella añada —como si aún no se hubiera cobrado su pieza por completo—, que es al banquero alemán, al tal Frédéric Emile d'Erlanger a quien debe darle las copias.

A partir de ese momento, Salvador no encontrará placer en ella, aunque se reconozca incapaz de renunciar a sus ojos de ángel rubio, ni a ver cómo agita el abanico casi tocando sus pechos desnudos en verano; ni a su pelo largo tras deshacerse el moño, ni a ver cómo se asoma al balcón de Fuencarral con Velarde con todo Madrid como testigo. Perderla habría significado romperse, por lo que preferirá actuar como un autómata los días antes de su partida para luego no verla en los meses en que se irá con su esposo a su maldita Venecia o con cualquier otro a quién sabe qué lugar. Aunque ella, muy de vez en cuando, le abrace muy dulce para susurrarle al oído un «Te quiero».

12

En Madrid, jamás llegué a pisar la calle,
porque cada vez que aparecía en la puerta del
Hotel Ritz, una legión de caballeros arroja-
ba sus capas al suelo para que caminara sobre
ellas, poniendo ante mí una alfombra que nunca se acababa.

MATA HARI

Su entrada en escena es soberbia. Avanza con
paso firme mientras la falda le acaricia los gemelos.
Abraza al hombrecillo de la entrada que, vestido de
librea, la recibe con el mismo entusiasmo que un
niño salivaría ante un dulce. No es para menos. El
enano vigila el portón que da a la calle y hace las veces de relaciones públicas. Con sus maneras y su actitud parece un gigante de metro treinta: seguro,

optimista, risueño y con un timbre de voz muy peculiar.

Entonces Ada Adler sonríe. El inspector Bernardo Vera la observa seducido por esa sonrisa fresca y despreocupada que deja a la vista una dentadura no perfecta pero sí blanquísima, en contraste con los labios carnosos y pintados de rosa. Y es que la Adler se desenvuelve como una ninfa que hubiese decidido aislarse en su hermosa burbuja de todo lo sucedido aquella mañana en el Prado. La sala entera se vuelve a su paso para sonreír con ella.

El bar Lagasca es un local en apariencia clásico y con un aire un poco a lo tablao flamenco. Unas cortinas verdes, ahora descorridas, separan el bar en dos ambientes, un diminuto comedor con seis mesas y un escenario, y una barra junto a la entrada.

Ada Adler es una mujer muy atractiva, de una belleza que no deja indiferente a Vera: delgada sin pasarse, alta —metro setenta— y con la proporción exacta de caderas. No es guapa. Lo de guapa habría servido para describir a las actrices de cine; a las modelos altísimas de la portada del Vogue o a la azafata que había conocido en el vuelo Santander-Madrid que lo trajo a la capital, y con la que había pasado su primera noche en la ciudad. Ada percibe imperturbable la curiosidad con la que él se fija en sus hombros, en las clavículas que asoman a través de su blusa de seda de color marfil. Parece ser muy consciente de que allá por donde pasa despierta esa aura de elegancia que invita a los caballeros a saludar amablemente y no apurar la mirada más al sur.

De pronto, el inspector cree apreciar un resto de resentimiento en su expresión, algo similar al poso que dejan ciertas derrotas; las mismas que antes de olvidarse devienen en un odio rancio. «Amargada», musita Vera, sin tener la más remota idea de lo que aquello puede significar para alguien así. Pero inmediatamente después la expresión se suaviza, reduciéndose a algo más familiar, mucho más neutro que el enfado y, desde luego, menos interesante que el deseo: la más absoluta indiferencia.

El apretón de manos, al igual que la forma en la que alcanza la mesa del fondo en la que Bernardo bebe un zumo de tomate, posee la firmeza justa para no resultar agresiva. Su sonrisa se ha vuelto inexpresiva y los ojos de yema quemada se le antojan al inspector capaces de destrozar a cualquiera. Incluyéndole a él. Entonces se da cuenta de que Ada Adler huele a fresa. Un olor que había odiado... hasta ese día.

—Doctora, soy el inspector Bernardo Vera, de la Policía Nacional.

—Eso espero, ¿o se cree que voy saludando a todos los del bar y he empezado por usted?

—Siéntese, por favor. Tenemos para largo.

—Yo tengo solo para un rato, y mediano. Abrevie, Bernardo.

—Me temo que no. Órdenes de arriba. Me he tomado la libertad de cancelar su próxima clase. —Ada le atraviesa con la mirada. Respira pausadamente, sabiendo el efecto que causa en determinados hombres, entre los que se encuentra Vera. Y, como si a partir de ese momento se hubiera otorgado licencia para alargar hasta lo indecible cada movimiento, abre con parsimonia su bolso, estudia el fondo, y tras algunos devaneos saca de él una pitillera de plata arañada por el uso. Bajo la manga derecha de su cárdigan beige asoma un reloj de hombre. Aspira y enciende un cigarro. A punto está de echarle al inspector el humo en la cara. Sigue oliendo a fresa, y su mirada se ha ensombrecido aún más.

—Usted dirá.

—Se trata de un asesinato.

Ella da otra calada, y le mira como quien mira a un tonto.

—¡No me diga! Le podría hacer un resumen. Pero mejor, acelere.

—Han destripado el *Saturno* igual que a un cerdo. Un loco, suponemos.

—Mierda, Bernardo. —La mandíbula le tiembla: no se trata de interés fingido.

—Eso ya lo dijo antes.

Parece más preocupada que cuando hablaron por teléfono. Está intranquila, como si el cuadro fuese suyo y se lo hubiera cedido al museo. Apoya el cigarro en un cenicero improvisado.

—No debería fumar, Adler.

—Fumo porque me apetece. —Está seria pero no borde, con la cara que pondría una colegiala recitando el vocabulario recién aprendido—. ¿Recuerda algo de sus clases de instituto?

—Seguro que no lo suficiente.

—Goya era un tipo singular. Resulta que *Saturno devorando a un hijo* es una de sus *Pinturas negras*, catorce catalogadas, quince según algunas fuentes.

—Bernardo apuesta a que la bajada de tono es automática—. Pero la decimoquinta, conspiranoicos aparte, nunca se ha localizado. No existe ni un dato concluyente que apoye semejante tesis, únicamente referencias aisladas en un par de publicaciones sin rigor científico. Ya sabe, un cuento.

—Pues no, no lo sabía. —No obstante, Vera anota en su cuaderno «¿Decimoquinta pintura?», y se obliga a no volver a fijarse en el escote de la doctora.

—Si se llaman negras no es solo por los pigmentos usados, tan macabros que dan miedo. Son los motivos de los cuadros lo siniestro. ¿Comprende?

—Le sigo —asiente como un autómata mientras se pregunta cómo puede resultar tan atractiva.

—Son oscuras, Bernardo. —Se le ilumina la mirada—. Esas pinturas son como el diablo.

—¿Qué sabrá usted del diablo? —Y se acerca a ella como por instinto, sin intención aparente.

—No. Qué sabrá usted. —Ella se acerca aún más, demasiado. Sería muy fácil dejarse atrapar por ese aroma.

Recuperan la postura.

—Entonces, digamos que son catorce. Todas en la Sala 67, aunque no siempre. La historia es larga, ¿no es así? Pasaron más de cincuenta años en la Quinta del Sordo, después de que Goya abandonara la casa para marcharse a Burdeos. El pintor le legó la construcción a su nieto y este se la vendió a su padre, Javier, el hijo de Goya. Finalmente, tanto la Quinta como las pinturas pasaron a manos de un tal Emile D'Erlanger por una suma irrisoria, si tenemos en cuenta que estamos hablando de una de las colecciones más valoradas de todos los tiempos. El caso es que D'Erlanger no consiguió venderlas en la Exposición Universal de París de 1878, y las acabó donando al Museo del Prado a título póstumo, tras quitarse la vida en Londres.

—Hace bien sus deberes.

—Casi siempre: me gusta mi trabajo.

—Y dígame, ¿qué hace un tipo como usted en Madrid? —Se la nota en su salsa, apurando con arrogancia su Brugal con Coca-Cola. Mucha bebida para tan poca hora. Vera garabatea de nuevo, «¿Problemas con el alcohol?».

—¿Como yo?

—¿Sinceramente?

—Claro, Adler. Me tiene intrigado.

—Ese acento. Su barba de leñador. El aire provinciano que se gasta, pero con un toque *cool* y *sexy*. Su sonrisa de no haber roto un plato, pero a la vez de estar jugando a no sé qué juego con usted mismo. Atractivo, ¿ya lo he dicho?

—No tiene ni idea.

—Ilústreme.

—En otra ocasión.

El silencio dura poco, y a Bernardo le parece ver de nuevo esa expresión de amargura.

—Como iba diciendo —la doctora continúa inmersa en su discurso—, y dejando aparte el tema de Estephan —ahora parece triste; acaba el segundo cigarro—, el cuadro nunca podrá recuperarse de esa herida, si como dice, el daño es de tal calibre. —Conforme termina de hablar se detiene en la cicatriz del cántabro. Sí, lo había conseguido. El inspector se siente intimidado, y por eso piensa en voz alta.

—Estephan, o quienquiera que sea el muerto, y el *Saturno*... Los asesinatos, el real y el representado en el cuadro, guardan relación, estoy seguro. —Y sonríe para sí cada vez más convencido de la evidencia—. El brazo derecho fue arrancado a exactamente la misma altura que el de la pintura.

—Desde el hombro...

—Sí. Y ocurre lo mismo con el izquierdo, de codo para abajo, como en el óleo.

—¿*Vendetta*?

—Quién sabe. Luego está lo de la cabeza. Su ausencia podría ser un símbolo adicional de humillación, de tratar de despojar al hombre de lo que más humano le hace, su cerebro. Aunque hemos encontrado los ojos: uno mirando su propio cuerpo y el otro fijo en el *Saturno*. Todo muy macabro.

Ella se estremece. Se cierra la chaqueta y se cruza de brazos.

—Estephan es, o era, un enamorado de Goya. Un obseso. No se hace una idea. —Parece una conclusión a la que hubiera llegado mucho tiempo atrás—. O puede que ambas cosas sean lo mismo, vaya usted a saber. A lo mejor perdió la cabeza por él.

Se quedan mirándose unos segundos que discurren despacio.

—A lo mejor. Como ya le he dicho, tenemos a varios perros buscando por los alrededores, por si suena la flauta y encontramos lo que falta del cadáver y el arma homicida. El cuerpo está limpio de huellas: como nuevo. Y no tenemos ni un dedo, ni una gota de sangre que no sea la del supuesto Estephan, ni rastro de la aguja con la que probablemente el psicópata o psicópatas le inyectasen algo para mantenerle a raya. En resumen, nada que nos conduzca a buen puerto, salvo la navaja de la 67.

Ada acaba su tercer cigarro.

—Acompáñeme al museo, Adler.

13

No existen tierras extrañas.
Es el viajero el único que es extraño.

ROBERT LOUIS STEVENSON

Venecia amanece en escala de grises, y los turistas que abarrotan sus calles parecen feligreses rezando a san Marcos por una instantánea de luz. Aun así, la mañana resulta agradable de puro fresca, el viento promete amainar y el paisaje lluvioso invita a un paseo. Con la gabardina puesta, eso sí.

Darío Andrónico se entretiene frente a un desayuno ligero —zumo de pomelo recién exprimido e higos frescos— y se concede un tiempo para la música, esta vez Albinoni. Su mirada descansa ahora en su otro Modigliani, un retrato de 1917. En la pintura, Jeanne, la pareja del pintor, posa en el estudio sobre una cama sobria, al lado de una mesilla diminuta mientras las dos paredes del fondo construyen un horizonte anguloso. *Il signore* se enamoró del óleo en una subasta en la misma Venecia, un evento a puerta cerrada del que únicamente se oyeron rumores y que se celebró cuando todavía vivía en el Hotel Excelsior del Lido. Por aquel entonces —en el verano de 1988— Andrónico era un modesto marchante de arte que no consiguió superar la última puja; fue de las pocas veces en su vida en que tuvo que matar a un hombre a sangre fría. Y uno de sus primeros robos.

Camina hacia su despacho con el batín de seda puesto. Baja las escaleras con la elegancia de un príncipe. Las zapatillas de terciopelo granate con sus iniciales bordadas que estrena esa misma mañana y que quemará más tarde en la chimenea de su dormitorio acarician el mármol pulido del suelo.

Costumbres como esa son las que perfilan la personalidad de un tipo único como él, una *rara avis*. O la de llevar siempre un relicario encima: los lunes, una espina de la corona de Cristo; los martes, el ojo derecho de la beata Alejandrina de Balazar, cuyas palabras no puede evitar recordar cada vez que lo lleva consigo —«Pecadores, si las cenizas de mi cuerpo pueden ser útiles para salvaros, acercaos, pasad por encima de ellas, pisoteadlas hasta que desaparezcan»—; los miércoles, protegido escrupulosamente en una bolsita de fibra de flor de loto, un fragmento del cuero cabelludo de santa Águeda; los jueves, y en una cápsula de cristal blindado, unas gotas de la sangre de san Pantaleón, que supuestamente se licuaba cada veintiséis de julio; para el resto de la semana, una parte del Santo Prepucio rescatada de una parroquia a pocos kilómetros de Roma.

Tras el escritorio y la librería gigantesca repleta de tratados sobre arquitectura local de los siglos XVIII y XIX y de inventarios fotográficos de la Europa de finales del XIX, se oculta una caja fuerte a la espera de la combinación adecuada. El baile de muescas apenas es audible.

Su fondo es grande —del tamaño de un hombre—, y en ella descansa un puzle hecho de la memoria propia y ajena, y de esa belleza exclusiva e inteligible solo para alguien concreto: un tomo de doscientos años con partidas de nacimiento de la veneciana Santa Madonna dell'Orto comparte el mismo terreno que dos partituras perdidas de Telemann, mientras tres querubines de oro macizo de Santa Sofía ocupan el grueso del espacio; al fondo y a la derecha se despliegan impolutos varios objetos de las señoritas del Ospedale della Pietà, de la época en que Vivaldi era profesor de violín de las niñas, y también tubos de vidrio esmerilado con cabellos de Mozart, además de una falange del pulgar derecho de Bach. Finalmente, la cabeza de una mujer joven, congelada en una instantánea acuática que escruta al *signore* a través del tiempo. Las pestañas adornan los ojos todavía azules, y el cuello exhibe la marca de la gillotina que acabó con su vida hace más de ciento treinta años, y que seguro que sesgaría en un parpadeo su médula. Darío Andrónico nota la erección bajo el batín de seda y besa apasionadamente el tarro de formol que luce las iniciales AOA. Y piensa en el alma de Alessandra Octavia Abad encerrada en aquella jaula cristalina.

El pulso se le acelera y la excitación va *in crescendo*: las llaves de la Casa del Marqués, un palacete situado en el barrio más exclusivo de Madrid, descansan en su mano, y el acróstico formado con las iniciales MMAA, Marqueses de Amboage, impresas en el llavero de oro, apenas son un recuerdo de lo que hace tres décadas, antes de que Andrónico se hiciera demasiado rico para el placer ajeno, fuera una residencia en una España con la democracia recién parida. Una mansión habitada ahora por trece desgarros del tiempo firmados por Goya. Trece «pinturas negras» que están a punto de convertirse en catorce.

Comienza a lloviznar en la Laguna. Massimo Lazzaro, puntual aunque ausente, termina su purito en el muelle privado del Palazzo Smonti y estudia pensativo al *Plenilunio*: todo está preparado para el viaje a Santa Lucia. A la mañana de primavera le harían falta algunos arañazos de sol, piensa mientras se envuelve en la gabardina color ratón. Es un servidor eficaz.

La del *Orient Express*, medita, es una travesía extemporánea y plagada de anécdotas de lo más esnob —él mismo se había documentado, perseguido por el ansia de permitirse los caprichos de su jefe—, de música *in vivo* y de murales de cristal decorando las puertas de los vagones. De una pulcritud llevada al extremo, de una increíble perspectiva del tren a medida que avanza sobre los raíles; del *savoir faire*, en definitiva, del puntilloso recato europeo. Todo sería digno de deleite para su patrón si no fuera porque es un personaje más que acostumbrado a ese y a muchos otros caprichos, reconoce con envidia el excomerciante de molduras. Y porque, además, se trata de un viaje que Andrónico había hecho en una veintena de ocasiones. Aun así, el refugio de los interiores fastuosos del *Orient* —con los muebles británicos organizados en un terreno preciso y los sillones acogedores del bar invitándole a uno a tomarse una copa— siguen conservando su encanto para un hombre con el gusto de su jefe.

Al principio, joven y seguramente novato en placeres, *il signore* experimentaría un vuelco ante el trato perfecto y la comida exquisita, cobijado por el resplandor de la lámpara de mesa y por la sensación de lujo. La imaginación del lacayo emplaza a su jefe en el *Côte d'Azur*, el vagón comedor del tren legendario, escuchando los primeros compases del *Concierto para dos violines* de Bach mientras un *steak tartar* —«*Molto piccante, per favore*»— aguarda en el plato. La sensación, quizá, sería solo comparable a la que el tirano experimenta cuando le hace el amor a una mujer, desnudándola rápido para penetrarla fuerte —él mismo había sido testigo— mientras el grupo La Venexiana interpreta en la sala de música del *palazzo* alguno de los madrigales del príncipe Carlo Gesualdo. Eran piezas imaginativas y morbosas. Gesualdo, el que no tenía que agradar a nadie, el que componía para sí mismo. Justo el *modus vivendi* de Darío Andrónico.

> *O tenebroso giorno,*
> *infelice mio stato,*
> *o mio cor tristo,*
> *sol al pianger nato.**

* «Oh, día tenebroso, / qué infeliz soy, / mi corazón está triste, / he nacido para llorar.»

La lluvia comienza a remitir, aunque el sumiso Lazzaro tenga la sensación de haberle calado hasta los huesos. El saludo entre él e *il capo* es puramente protocolario. Como siempre, el tipo de abrazo que se dan dos hombres hartos el uno del otro.

El *Plenilunio* tiene doce metros de eslora y está pintado de azul profundo. El agua rompe sobre el casco y toca las letras blancas; la *P* se esgrime rotunda y fría. Hace un tiempo, Andrónico buscó entre los viejos archivos del Arsenale di Venezia información sobre la embarcación, y descubrió que había pertenecido a los Bardarigo, unos gemelos que hacía cien años recogían con ella *canestrelli* en la Laguna. Darío había comprado el barco hacía dos décadas a una familia de La Certosa con pocos recursos por una suma irrisoria: cualquier entendido hubiera pagado con gusto tres veces más por él. Ludovico Gessati, un homosexual cincuentón dedicado a confeccionar *atrezzo* de carnaval y gran aficionado a las restauraciones, se había encargado de otorgarle al *Plenilunio* su aspecto actual. Del señor Gessati se decía que debería convertir la afición en oficio, pues la creación de máscaras le relegaba al terreno de lo mediocre, pero la resurrección de naves le elevaba a la categoría de genio.

Los dos baúles blancos del equipaje se protegen del cielo apoyados en las escaleras que desembocan en el camarote: un gran dormitorio en *suite* forrado con madera de otras naves de desguace. Darío echa un vistazo experto y ágil a los detalles más insignificantes del interior del *Plenilunio*, concediéndose unos segundos para planchar con las manos una arruga más imaginaria que otra cosa que ha encontrado en la sábana de hilo que viste la cama. Seguidamente y ya al raso, comprueba que la música esté puesta —esta vez el *Adagio* de Barber—. El *champagne* Louis Roederer se enfría en la cubitera y el asiento de terciopelo rosa del piloto espera a ser ocupado.

—Conduzco yo, Lazzaro.

Sin prisa y vestido con un traje celeste —la chaqueta de dos botones acentúa la silueta atlética sobre el chaleco y la pajarita— se sirve un poco de espumoso en una copa, brinda con unas palabras que suenan a latín y bautiza por enésima vez el *Plenilunio* rompiendo el cristal contra el lado de estribor del casco. Un ritual que ejecuta siempre que se pone al timón.

Cuando maneja la embarcación, conforme vuelve la vista atrás y se imagina a sí mismo disfrutando por primera vez del paisaje que aparece y se disuelve a orillas del Gran Canal —como cuando llegó a la ciudad siendo un muchacho de Calabria—, su mente viaja hasta la biblioteca del *palazzo*, donde conserva mapas y cartas náuticas del tiempo en que *Venezia* era una gran potencia mediterránea que ofrecía sus servicios como flota naval al Imperio bizantino. Aquella era su bella *Venessia*, aunque él hubiese nacido más al sur, en la pequeña ciudad de Cosenza, y el nombre de Darío Andrónico fuese un alias robado a alguien a quien conoció siendo un niño. Un algo más tomado de la gloria vetusta de la que tanto aprendió y que una vez, parafraseando al señor Bonaparte, le confesó que Venecia era el salón más bello de Europa. Y cuánta razón tenía.

Con un gemido melódico arranca el motor, y Lazzaro se acomoda en uno de los bancos de popa. Sobre la Laguna, el Puente de Rialto les da la espalda.

Venecia es un poema exuberante a pesar de las nubes que irradia esa belleza epatante de la que habla Thomas Mann en su libro. Y, como el personaje de Mann, Darío Andrónico también saluda al mar con los ojos. Él, el chico del sur, el calabrés por el que nadie hubiera dado un céntimo. El que ahora cita a un gran novelista desde su barco de un cuarto de millón de euros y se deleita con la arquitectura que bordea el agua: al fondo y a la derecha, se atisba el campanario de la Iglesia de los Santos Apóstoles, y más adelante, la galería de arte Ca' Pesaro habita un palacio barroco. Casi frente al Museo di Storia Naturale, el Casino de Venecia exhibe sus tres pisos de mármol; después, la mirada se posa en la fachada incompleta de la Chiesa di San Marcuola que, separada por el agua del Fontego dei Turchi, sirve de cobijo a una *Última cena* de Tintoretto. Finalmente, y dejando atrás la Fondamenta Riva di Biasio y sus palacetes de techos y colores desiguales, el *Plenilunio* atraviesa el Ponte degli Scalzi y Darío atraca su *bragòzzo* en Venezia Santa Lucia, donde el *Venice Simplon-Orient Express* o *il treno* —la mitad de Italia así lo llama— espera a sus pasajeros. Sus coches de azul y oro se alinean silenciosos pero listos para la aventura, como si guardaran la memoria de las dos posguerras.

Es en ese momento cuando uno de los mayordomos comienza a encargarse de todo.

14

Madrid, en cualquier caso, es un sitio curioso [...]. Cuando uno ha podido tener el Prado y al mismo tiempo El Escorial [...], se siente dominado por la desesperación al pensar que un día habrá de morir y decirle adiós a todo aquello.

ERNEST HEMINGWAY,
Muerte en la tarde

Adler y Vera esperan frente a la Puerta de Velázquez a que alguien les abra, pero nadie parece reparar en ellos, como si fueran un esqueleto abandonado en mitad de la nieve. Y es que todo está congelado esa mañana del 2 de mayo, Día de la Comunidad de Madrid, aunque en realidad haya llegado ya el calor y media población estrene manga corta y sandalias y se permita un granizado de limón o un café con hielo en una de esas cafeterías de rancio abolengo de la calle Serrano. Aunque lo que a Bernardo Vera le gustaría, y no precisamente en calidad de inspector, sería llevarse a la señorita Adler a uno de los bares de su barrio, como el Ven y verás o El náufrago, que no son lujosos ni mucho menos pero que invitan a tomarte una caña con unas anchoas —que nunca son de Santoña— mientras disfrutas de un Lavapiés que vive y muere a su propio ritmo, permitiéndote olvidarte por unas horas del resto del mundo.

Vera llama un par de veces. No puede dejar de pensar en las piernas de la doctora. Le invitan a imaginar maldades sin importancia pero que secuestran su atención. Ella sigue escudriñándole despacio, con esa sonrisa provocadora con un punto de arrogancia que, llegados a cierta edad bien podría confundirse con una vanidad no del todo justificada. Pero qué más da. Tampoco le habían ido nunca las típicas mosquitas muertas que practicaban hasta el cansancio su simulacro de falsa modestia. Se pierde en sus pensamientos mientras en su mente aún resuenan los ecos de la canción que sonaba en el taxi de camino al museo: «Qué fácil es perderse de la mano, madre mía, agárrate.»

Salvo por unos cuantos Nacionales apostados frente a los bancos que hay entre el Jardín Botánico y la pinacoteca, el lugar está desierto. La experta en Goya contiene la respiración cuando Gil llega hasta ellos proveniente del interior del museo para abrirles la Puerta de Murillo: «Mejor pasen por aquí, inspector.» El cántabro es testigo del repaso que le hace el cretino del oficial a la doctora. Es entonces cuando se le acerca muy despacio, justo lo necesario para susurrarle al oído en un tono que no admite dudas: «Tonterías las justas, Gil... ipollas.»

Ada Adler traga saliva al franquear la entrada. El museo más famoso de España está cerrado a cal y canto a cualquier individuo ajeno a la investigación, es decir, a todos menos a Cabrera, a Marga Gómez y a otra media docena de empleados. Y ahora, también a ella. Además, repartidos por el edificio hay al menos diez Nacionales incluyendo a Gil y a Vera, unos cuantos chicos de la Policía Científica, otros tantos de la Unidad Canina además de un par de expertos en huellas. El Paseo del Prado y la plaza de las Cortes permanecen cortados al tráfico con al menos un agente de paisano vigilando cada punto problemático. Es de vital importancia contener cualquier tipo de filtración interesada por parte de la aseguradora, o lo que sea que acabe convertido en un titular de la prensa sensacionalista del tipo «Muerte en el museo» o algo peor. Cinco hoteles han sido desalojados por cuestiones de seguridad y se han establecido controles en las calles Felipe IV, Lope de Vega y en la plaza de la Lealtad. El Triángulo del Arte parece ahora el plató de una película de acción.

Para llegar a la Sala 67 desde la Puerta de Murillo hay que recorrer un pasillo y acceder primero a la Sala 66. La iluminación LED de la zona convierte la atmósfera en una especie de inhóspita tierra de nadie, a años luz del ambiente más cálido que casi con seguridad reinaría en ese mismo lugar cuando *La lechera de Burdeos*, actualmente junto a *El coloso*, fuera expuesta en el Prado en 1945, aunque perteneciese al museo desde mucho antes.

Pero el terreno de la 66 no prepara a nadie para las pesadillas de la 67. Ni la tormenta en la que *El coloso* se adentra vaticina la negrura que les espera unos metros más adelante, ni tan siquiera en el rostro apacible que el maestro Goya trasladó a su retrato del actor Isidoro Máiquez puede uno encontrar paz o anestesia. Ante una obra de tanta mansedumbre, resulta imposible anticipar las formas terroríficas que Goya acabaría pintando quince años después en los muros de su casa. Las que les esperan como esperpentos sangrientos a pocos metros de distancia.

Por eso y porque la iluminación de la sala ha quedado reducida a dos focos instalados al fondo de la estancia —justo donde se sitúa el cadáver—, la 67 aguarda en un claroscuro siniestro. Manuel Gil oficia de maestro de ceremonias complaciente aunque afectado por las circunstancias con las que le ha tocado lidiar, y deja que Adler contemple la escena en su conjunto, para acto seguido concederle unos segundos extra a fin de que compruebe que no se le ha pasado por alto ningún detalle: hilos de nervios asomando desde las profundidades de un cuello seccionado, dos ojos sin su correspondiente cabeza, el aspecto acartonado de un tronco y unas piernas inertes... Ada se pregunta si el morbo compartido supone un alivio para los miserables.

El silencio se esfuma rápido.

—Estamos siguiendo la pista de un Volvo negro que un par de testigos dice haber visto como patrullando por la zona, a eso de las nueve de esta mañana —comenta Gil haciéndose el interesante.

—¿Cómo dices, Gil? —Vera alarga el Gil más de lo fonéticamente necesario y lanza a su compañero una mirada nada amistosa—. ¿Me estás diciendo en serio que en las dos horas que he pasado fuera no has conseguido nada más que a un puto Volvo negro que ha sido visto «como patrullando por la zona»? Pero tú, ¿sabes cuántos Volvos negros hay en Madrid? Pues los suficientes como para que esa sea una mierda de pista, y tú una mierda de poli. No me lo puedo creer. Quiero, exijo, algo más.

—No tenemos nada más por ahora, señor. —Manuel Gil esboza una sonrisa patética, y es él quien esta vez estira la mueca más de lo que la paciencia del inspector puede soportar. No obstante, Vera decide darle un respiro: manejarse entre tanta presión no forma parte de ninguno de los escasos puntos fuertes del oficial.

El saludo entre Ada Adler y Raimundo Cabrera condensa la tensión suficiente como para hacer de ellos la nueva atracción de este espectáculo macabro. La mano de la experta en Goya estrangula a la de Cabrera en una efectiva metáfora que sin duda establece una relación directa entre la fuerza empleada y otro lugar mucho más doloroso de la anatomía de Raimundo donde podría estar ejerciéndola. A él le violenta la situación; sin embargo, ella parece estar en su salsa.

Bernardo avanza unos pasos, una vez que se asegura de que la doctora ha liberado la mano del pusilánime director. Ahora que la tiene a su espalda puede sentir en su respiración entrecortada cómo su cálido aliento acaricia su nuca. En otras circunstancias habría sido una sensación muy agradable. Cerca de este particular trío se encuentra —por fin— el forense con el cadáver: el doctor Pepe López. Es un tipo ancho de espaldas, con barriga, de baja estatura y con poco más que cuatro pelos en la cabeza. Está inclinado en un ángulo difícil y absolutamente concentrado en el cuerpo, con el gesto fijo en el torso desmembrado que bajo el juego de sombras ha perdido todo resto de humanidad. Al inspector le preocupa que una imagen así descoloque a la bella Ada. Apartándola a un lado la mira y, como quien prepara a un niño para una inyección, se le acerca para susurrarle: «Esto duele», a lo que ella responde con una sorna que ni se molesta en suavizar: «No me digas.»

—Soy López. —El hombre alza lo indispensable la barbilla y mueve ligeramente los brazos, como disculpándose por no dar el apretón de manos de rigor: guantes quirúrgicos impolutos, cámara de infrarrojos y un montón de bolsas para muestras—. Menuda escabechina.

El inspector se aproxima a la coronilla perlada de gotas de sudor del forense. Lleva una camisa de franela con algunos churretes, sin duda una mala elección en pleno mes de mayo. El forense parece ser un tipo indiferente al qué dirán y a su aspecto en particular. En medio de ese escenario ni siquiera le ha parecido necesario ponerse una bata. Le da un golpe en el hombro.

—Inspector Vera, responsable en funciones del caso. Esta es la doctora Adler, una de las mejores conocedoras de la obra de Goya a nivel mundial. —El cadáver desprende un olor nauseabundo—. Puede ayudarnos a descubrir los más que probables paralelismos entre ambas... atrocidades. ¿Sabe ya cuál fue la causa de la muerte?

Pepe, como le llaman en el Cuerpo, estira la espalda, respira hondo y mueve el cuello como si fuera a asentir con rotundidad. Parece a punto de improvisar un gesto raro cuando comienza a hablar. Su voz es melódica.

—¿Literalmente? Todo apunta a que la hora de la muerte tuviera lugar al final de toda esta..., de todo el proceso, cuando le cortaron la cabeza. Por lo que voy averiguando, al tipo le mutilaron antes de decapitarlo. —La afirmación trastoca a Vera, que no es capaz de imaginar a un ser humano soportando tanto dolor, ni a un semejante infligiéndolo—. ¡Ah! —la mueca del forense es una mezcla de resignación y lástima—, necesito que alguien identifique más oficialmente a este hombre. Un familiar, un amigo íntimo o su pareja bastará.

Todas las miradas se posan en la doctora, y Vera le hace un gesto a la Adler para que proceda.

—Ella misma se encargará, López. Es o era lo más cercano a una pareja que va a encontrar. —Conforme habla se vuelve hacia Cabrera quien, enclaustrado en su celda imaginaria en una esquina de la sala, se muerde las uñas compulsivamente. Parece decepcionado: como si, a pesar de lo terrible de la escena, deseara ser él el responsable de la identificación ya que eso significaría que habría gozado con Estephan en la intimidad.

—El lunar de la ingle. —La voz de la mujer resuena en toda la sala de forma rotunda—. Lo comentábamos a menudo. —Se concede cinco segundos de pausa dramática—. Me gustaba ese lunar. —Y acompaña sus palabras con un tono de voz marcadamente frío, artificial o, quizá, por qué no... ensayado.

López se toma su tiempo, examina la ingle azulada de la víctima y acto seguido estudia otro lunar del codo izquierdo. La mitad superior de su cuerpo se balancea en el aire y, para cuando todos sienten la necesidad de echar ya un vistazo a sus relojes y se preguntan a qué está jugando el forense, este se pone a observar un punto indefinido del pecho.

—Hummm. Esto lo había pasado por alto. Melanoma, es decir, un tumor de piel maligno. En este caso está, o mejor dicho, estaba, en un estadio muy avanzado, con afectación de los ganglios inguinales, y puede que incluso metástasis pulmonar. —Ahora su atención se dirige a Adler—. ¿Sabe usted si su compañero, excompañero, o lo que fuera, estaba al corriente de que se estaba muriendo? Habría sobrevivido unos pocos meses más de no haber sido por... las circunstancias. —Ada niega con la cabeza. Al enjuto de Pepe López, que sigue con los restos del señor X, se le nota a disgusto en medio de un escenario tan siniestro: lleva escrito un «ya he tenido bastante» entre las cejas. Y se quita los guantes de látex murmurando un «Yo aquí he terminado» mientras trata de incorporarse y fijarse primero en Adler y luego en Vera, que anota en su libreta: «Hubiera muerto de todas formas; Ada está impasible: ¿su relación con Estephan le importaba? Necesaria más información sobre Ada Adler.» Y escribir el nombre de la mujer que tanto le perturba le produce un placer extraño.

—Menuda mierda de muerte. Lamento su pérdida. —Y por un segundo, la forma en la que el forense se dirige a la doctora llama la atención de Vera, a quien el gesto le resulta extraño, saturado de una falsa melancolía que ella encaja sin problemas. Como si se hubieran visto antes, en circunstancias bien distintas. Y el inspector trata de desentrañar ese y otros matices. Jugar a que es psicólogo, o mejor, adivino. Cuánto le gustaría tener la clave para hacer aflorar la verdad en medio de ese pantanal en el que permanecía oculta.

—Esto es todo, amigos. —López se lleva un caramelo a la boca, no sin antes ofrecer uno a los allí presentes, y coloca sus instrumentos en el maletín de aluminio con un cuidado que tiene algo de ritual: sobres con guantes en el departamento correspondiente y el termómetro rectal empapado en alcohol en una hendidura, justo entre las pinzas y un juego de cuchillas de diversos tamaños; tubos con muestras de los lunares de la ingle y del codo guardados en un microfrigorífico; por último, una bolsa con muestras de vello púbico de la víctima para hacer una prueba de estupefacientes—. El juez no tardará en llegar. Ya le pasaré los detalles de la autopsia. El siguiente cadáver me espera.

—¿Puede adelantarnos algo? —La preciosa sirena de Adler pone un tono más dulce del acostumbrado—. Antes de que haga entrega de su informe.

Vera se vuelve hacia ella sorprendido. ¿Cómo se atreve? Aun así, lo reconoce: él también siente curiosidad. Y a ella le sobra y le basta con aguantarle la mirada para evitarse el sermón y terminar de ganarse el interés del cántabro, que mira al forense como invitándolo a contestar. Este se lo piensa un poco.

—Lo siento: me temo que tendrán que esperar. —Y sonríe con un gesto de amabilidad impostada, mientras desaparece de la escena meciendo su maletín en el aire como si en vez de llevar las pruebas de uno de los crímenes más atroces que se recuerdan en la ciudad llevara el cabás de la merienda. A lo lejos se le oye silbar la melodía de *All you need is love*.

El ambiente de recogimiento que ha dejado la salida de Pepe López de escena está a punto de diluirse. Cabrera se ha familiarizado con el señor X y con el cuadro mutilado, que amenaza con partirse en dos de un momento a otro. Algo ha cambiado, solo Dios sabe qué, y el director se siente por unos momentos el rey de la pista. Camina por donde está permitido, es decir, dando pequeños saltos, dándoselas de jefe y deteniéndose a ponerle muecas de asco al *Duelo a garrotazos* que preside la esquina izquierda de la sala a escasos centímetros del cuerpo. Y es entonces cuando un Raimundo Cabrera desatado, que ahora le habla al *Saturno* en estado hipnótico, se pone a recitar como un loro.

—Quinta del Sordo, Madrid. Donada por Goya antes de partir hacia Burdeos, en 1823, a su nieto Mariano. Las circunstancias de aquella España eran delicadas, y la entrada de las tropas del duque de Angulema en la ciudad para restaurar la monarquía de Fernando VII puso en compromiso a liberales como él. Al final, en 1873, la Quinta del Sordo o de Goya, o como queramos llamarla, tras pasar por manos como las del hijo del pintor, las de Segundo Colmenar y las de Louis Roudolph Coumont acaba siendo adquirida por un banquero de París, Emile d'Erlanger. Se trata de un hombre de negocios listo y adelantado a su tiempo, y por eso compra la casa, aprovechando que sus paredes están llenas de pinturas de un artista más muerto que muerto. Con el fin de hacer un negocio redondo pasa las composiciones de revoco a lienzo mediante una técnica, el *strappo*, y todo gracias a la pericia de un restaurador de este nuestro museo, Salvador Martínez Cubells. Casualidades del destino, ambos acabarían suicidándose en 1878 —entonces, Bernardo Vera anota: «Suicidio, Cubells, D'Erlanger y Quinta del Sordo»—. Cuando Las *Pinturas negras* llegan cedidas por D'Erlanger al Prado, no sin antes haber intentado venderlas al Louvre y después de sacarlas a subasta sin éxito en la Exposición Universal de París del año 1878, los cuadros pasan tan desapercibidos que ni siquiera se exhiben en la pinacoteca madrileña hasta 1889, cuando uno de los hijos del alemán se presenta aquí e insiste en reunirse con el director de turno. Y es que, además de ser feas hasta decir basta, la obra de Goya no gozaba de la consideración de la que disfruta ahora.

—Cállate de una puta vez, ¡joder! —Adler grita, y Bernardo gira la cabeza alarmado: Ada no había hilado más de tres frases seguidas desde que los dos entraron en la 67 hacía más de una hora.

Llevaba un rato especialmente callada y con la mirada fija en el *Saturno*. Ni siquiera había vuelto a mirar al cadáver desde que lo tuvo que identificar. No parece triste sino en medio de un trance místico, con el aura típica de quien ha encontrado la piedra filosofal. La herida de la pintura es impresionante, piensa Vera. Como una mujer que fue maltratada y a la que no consiguen afectarle sus cicatrices. Puede que como a ella misma.

—¿Adler? —Un escalofrío recorre el cuerpo del inspector.

—Es una copia. —Es lo único que le sale de los labios a la doctora antes de ponerse a llorar.

15

La vida es una escuela de probabilidad.

WALTER BAGEHOT

Cuando Ada Adler pronuncia las palabras «Navaja de Ockham», todo el personal del Prado allí presente comienza a abandonar la sala en dirección al almacén número IV del edificio de Los Jerónimos —la sección de «Pintura Española de los siglos XVIII al XX»—. Desaparecen uno a uno con la misma precisión que si se hubiera activado la alarma antiincendios y la plantilla se dispusiera a poner en marcha el protocolo de forma automática. No son las palabras sino la expresión en su rostro lo que los que la conocen interpretan como una orden. El inspector no entiende nada de lo que ocurre a su alrededor y por eso, enarcando las cejas, trata de buscar respuesta entre el grupo de los trabajadores del museo sin obtener a cambio más que miradas con los ojos en blanco, como si él fuese el más tonto en aquella historia. Se toma unos segundos y trata de encontrarle sentido al asunto, enterrado quizás entre alguna de las evidencias que manejaban hasta el momento.

El suelo de la 67, compuesto por losas grandes de mármol gris veteado, parece que haya sido pulido recientemente, aunque la escasa iluminación dificulte el diagnóstico. Tampoco ayuda el hecho de que la labor que a lo largo de la mañana había estado desempeñando la Policía Nacional, hubiera deslucido el encerado a base de cientos de pisadas. En esas circunstancias reconstruir el estado de la sala antes de producirse la tragedia resulta complicado. Vera realiza un ejercicio de empatía —sabe que es bueno en eso— y se estremece al imaginar lo que, para un individuo a punto de morir, puede haber supuesto contemplar su propia ejecución a través del lustre de las baldosas. Sin embargo, algo no termina de cuadrar. El inspector lo supo de forma instintiva, cuando algo en su cabeza hizo *clic* antes de que su neocórtex fuese consciente del detalle. Y es que aquel suelo tan limpio no encaja con la disposición aleatoria de la sangre, una gota aquí, otra allá; ni con la cantidad que genera una ejecución de esas características. Lo que su lógica interna, su intuición si se prefiere, había advertido apenas puso un pie en la 67 lo confirmaría *a posteriori* la prueba del luminol. Estaba convencido de ello. Solo un asesino despiadado y frío se tomaría la molestia de limpiar así el escenario para convertirlo en el marco perfecto de su obra de arte: una réplica perversa del *Saturno*. ¿Y si en vez de estar ante un crimen pasional se trataba de una venganza? Y lo más importante, ¿quién sería capaz de algo así?

Al pronunciar aquellas palabras una cosa quedaba clara, como dicta el principio del fraile franciscano del mismo nombre: la solución más simple suele ser la correcta. De este modo se eliminan los supuestos innecesarios de una teoría; en función de ello Ada Adler concluyó que nadie sería tan depravado como para mutilar a un ser humano y, acto seguido, detenerse en destrozar un original que sabía de incalculable valor. Era necesario comprobar si aquella obra que tenía frente a ella era un original o una copia. Justo antes de iniciar la marcha, la experta en Goya había estado mirando el suelo y con un gesto que casi taladró la baldosa sobre la que estaba, todos los empleados del museo —para desconcierto de Vera y su equipo— comprendieron que lo más sensato era llegar cuanto antes a los subterráneos del Prado, en concreto a los del cubo de Moneo, pues solo entre esas paredes la situación podría tomar un rumbo muy concreto. El inspector disecciona rápidamente retazos de conversaciones y los ensambla. Así, para cuando todos han desaparecido —incluido un Raimundo Cabrera, que en el momento en que surgieron las palabras «llaves y código reseteado» de su *walkie* dejó la llamada a su abogado para salir tras ellos—, recuerda que, en ocasiones, cuando se trata de obras tan valiosas, la pinacoteca elige, por recomendación de la aseguradora, exponer una copia. Acaba de encontrar la última pieza del puzle y, con ella, la esperanza de que el *Saturno* real siga intacto. Y mientras corre para reunirse con los demás piensa que, a pesar de ser verdad que hay que estar loco para armarse con un cuchillo, tal vez hasta con una guillotina, y arremeter como un monstruo contra un hombre, lo justo sería, desde una perspectiva diametralmente opuesta, reconocer la pericia del asesino al ejecutar tal carnicería; admitir que, irónicamente, era imprescindible un cerebro altamente cuerdo para que un acto tan irracional le saliera a uno bien. Para que los átomos cuya ordenación posibilitaron el asesinato del señor X encajaran a la perfección, sin dejar pistas ni cometer errores de cálculo. O al menos, de momento.

El Museo del Prado guarda infinidad de tesoros. Pero ahora también esconde un oscuro secreto, el cuerpo que López sigue analizando en la distancia. Y es que el inspector está seguro de que un forense, aunque sea uno con pocos escrúpulos y mucha mochila a la espalda, que habrá presenciado enormes maldades y preferido hacerse el ciego con otras —«Es quien dio con la clave para atrapar al asesino de los Chicos del coro», le había recordado varias veces Gil, como si se lo repitiera a sí mismo para tranquilizarse—, pocas veces habrá puesto esa cara de no entender nada tras hacerle un par de pruebas a un hombre descuartizado, y encima frente a un cuadro hecho trizas en el que un dios devora a su hijo. Como si, a pesar de ser médico forense adscrito al Cuerpo Nacional de Policía, no acabara de acostumbrarse a atrocidades de semejante calibre.

Por todos es sabido que la pinacoteca nacional posee una de las mejores colecciones de arte del mundo en la que destacan obras de genios como Goya, Rembrand, Velázquez, Tintoretto, Rafael y los retratos de familias reales que, desde el otro lado del lienzo, observan el futuro sin saber que el futuro también los contempla a ellos. Lo que la mayoría ignora, incluido Bernardo Vera hasta hace medio minuto, es que el museo cobija más oro del que tiene en nómina; obras maestras que duermen en sus tripas y cuya existencia desconoce el común de los mortales. Y es que al pagar los catorce euros de la típica entrada uno corre el peligro de llegar a creer que dos horas de visita quieren decir «Prado»; que diez minutos estudiando *La rendición de Breda* y desfilar frente a *La familia de Carlos IV* para admirar después *Los fusilamientos* y las Majas, o reservarle un cuarto de hora a la pintura italiana, y otro tanto a la alemana —el *Autorretrato* de Durero contaba con bastantes adeptos— para apurar los últimos minutos frente al *Jardín de las delicias* de El Bosco, son el equivalente a una visita exhaustiva a una de las pinacotecas más famosas del mundo. Un aspa más en una de esas listas del tipo «Cien lugares que ver antes de morir».

Una vez que llega a los subterráneos el cántabro desenfunda su pistola en el acto, una HK USP Compact de nueve milímetros. No hay tiempo para pedir refuerzos, así que Gil, cuatro Nacionales más, Adler y Cabrera, le siguen.

—Pónganse esto —les dice a Ada y a Raimundo mientras les hace entrega de un chaleco antibalas a cada uno, consciente de que cualquier daño que sufran podría costarle bastante más que su carrera.

Otros cinco policías permanecen en la Sala 67 y alrededores. Vera huele el miedo de Gil, lo que no le gusta un pelo, porque puede haber polis mejores y polis peores, incluso polis que le caen mal sin más; pero los cobardes son caso aparte. Por su parte, Cabrera, que parece haberse transformado en un niño, se tapa las sienes como si resucitara su miedo a los petardos, mientras una Adler renacida indica el camino con movimientos enérgicos de brazo: «Derecha, izquierda; hay que bajar dos plantas.» El grupo atraviesa en fila discontinua el pasadizo subterráneo que conecta el edificio Villanueva con el claustro de Los Jerónimos. Entonces, la experta en Goya le toca a Vera la cintura imprimiendo más fuerza de la necesaria, y sus uñas con manicura francesa casi parece que le arrancaran la piel.

—No juegues a las películas en mi museo —le advierte la ninfa por la espalda. Otra vez esa voz sugerente, ahora con un tinte de amenaza en el tono—, que en menos de lo que tarda una bala en atravesar un lienzo me pones no solo en un aprieto de los gordos, sino que además me arruinas la reputación.

Vera gira la cabeza despacio, porque es absolutamente consciente de que le basta con apuntar medio segundo para no errar el tiro, y responde con firmeza:

—Aquí juego a los policías porque me da la gana, porque lo de la Navaja de Ockham está bien incluso si no vas a volver a echar mano de la estadística el resto de tu vida; pero, con o sin cuadro de por medio, el asesino puede estar bailando hasta arriba de narcóticos a trescientos kilómetros, o callado en un rincón de estos con una pistola, o dos, o con un rifle de asalto, y no estoy dispuesto a que nadie salga malparado de esta.

No harán falta llaves ni resetear código alguno. La cerradura de la puerta de acceso al depósito número IV de Los Jerónimos ha sido forzada, y el teclado numérico de la entrada ha sido reventado como en las películas. Dos agujeros de bala, de lo que a primera vista parece un 22 corto, asoman a la misma altura.

—Primero lo intentaron por las malas, y después por las peores —sentencia Vera.

Adler examina el almacén revisando primero tanto armarios como cajones, planeros y cilindros de metal. No tarda en hacer una pausa para replantear la estrategia. «Respira, Ada —se dice, y después—: Vas bien, tranquila.» Acto seguido centra la atención exclusivamente en los armarios. Los recorre uno a uno. Están ordenados con numeración romana. La mujer busca, mientras continúa hablando consigo misma

«Tiene que estar muy cerca, tiene que estar muy cerca» y caminando a través de la arteria central del almacén, angosta y larga —de más de ochenta metros, calcula Vera—, los va abriendo sin pausa para dedicar a su contenido un experimentado vistazo en un par de segundos. Pasados unos minutos abandona el rigor y comienza a escudriñar maquinalmente, segura de cada uno de sus pasos, saltándose series de cinco, diez, quince de ellos. Finalmente lo encuentra donde, en teoría, no debería estar. Acto seguido, extiende el lienzo con mimo, tocando apenas sus esquinas con los dedos pulgar e índice, no sin antes ponerse unos guantes.

El rostro de la doctora deja traslucir una alegría que, comedida al inicio, comienza a aflorar entre las fauces del *Saturno*. El director la ayuda obediente cuando lo reclama a su lado con un escueto ademán, y lo hace con la clase de idolatría que se le profesa a lo magnífico. Ambos alisan la tela sobre la superficie de una de las mesas. Sin prisa y aparentando tranquilidad. Porque si Bernardo Vera tiene algo claro sobre ella es que puede ser de todo menos desapasionada en lo que hace. Observa cómo estudia el *Saturno* concentrándose en la cadencia de las pinceladas, en las sutiles diferencias de los colores utilizados, identificando los pigmentos de la época —o eso cree el inspector, que parece jugar a ser un policía que entiende de arte—. Entre ella y Cabrera giran la pieza, más alta que ancha y no demasiado grande. Con ayuda de unas pinzas extraen de ella filamentos de lino apenas visibles con restos de revoco adheridos y se dirigen a uno de los microscopios de la sala. El tejido deshebrado por el tiempo resulta impresionante visto bajo la lente de aumento. Adler se retira el pelo de la cara y entonces Vera le ayuda a improvisar una trenza. «Qué pelo más bonito tienes, niña», le gustaría susurrarle al oído mientras permanece en esa postura. Ella, sin embargo, ni se inmuta.

—Este es el original. —El veredicto suena a definitivo. La sonrisa se le agranda y el cántabro se da cuenta, por segunda vez desde que la conoce, de que podría besar esos labios.

Es mejor un cadáver y una copia mutilada de una obra de arte que un cadáver y un original destrozado. Y por eso Cabrera está tan en su mundo, concluye Bernardo. Como hecho un ovillo sobre sí mismo y repasando una por una las repercusiones que hubiera podido tener que la más famosa, espantosa y espectacular de las *Pinturas negras* se hubiera malogrado. Parece haber recuperado la calma. Aunque nada de eso evita que resurja el horror ante lo vivido: el sedante ha dejado de hacer efecto. Un resto de tristeza transmuta la cara de la experta que intenta recomponerse agachando la cabeza y masajeándose la nuca. Aguanta las ganas de llorar alzando la vista al techo. Pero la tensión se trasforma en rabia y ahora la ira domina a la doctora. Adler se dirige al montañés con ganas de bronca.

—Es usted consciente de lo que viene ahora, ¿no? En breve va a tener a todo el Prado y al Ministerio de Cultura tocándole las narices, además de al ARCA, ya sabe —pero no, Vera no lo sabe—, la Brigada de Delitos Artísticos que opera a nivel internacional, porque este es un delito artístico y de los gordos. —Se expresa con arrogancia, el inspector supone que con el mismo tono que usa en sus clases, descriptivo y seguro—. Son de esos seres repelentes con las manos siempre puestas donde uno no quisiera. Un gesto suyo bastaría para que nos despidieran a ambos. Y todo esto, aunque el *Saturno*, al de verdad me refiero, no haya sufrido ni un rasguño. No... —chasquea con la lengua—. Qué va a bastarles. Le aseguro que no descansarán hasta que rueden cabezas, más incluso que las nuestras y que la de cualquier director, comisario o pez gordo que se precie.

—No seré yo de los que caigan. Se lo garantizo.

—Eso ya lo veremos. —Cabreada, aparta a Vera

del resto del grupo—. A Estephan ya nadie le puede cargar con el muerto, permítame el cinismo. Y a mí no me van a tocar porque me haré intocable, Bernardo. Invisible si es necesario —dice convencida—. A Cabrera no le van a untar porque ya ha lamido bastantes culos, puede que hasta el de Estephan. Y, entre usted y yo, a la gente de este mundillo nos da pena que alguien tenga que pagar tanto por tan poco. Corren rumores de que le iban a destituir del cargo con o sin tragedia de por medio. Pregúnteles a los del ARCA si no me cree, porque le va a tocar espabilarse a lo bestia para salvar su carrera. Conozco bien a esos sabelotodo, ya tuve ocasión de enfrentarme a ellos en el pasado. —Un ligero, y para Vera delicioso, olor a sudor envuelve a la doctora—. Vamos, que en menos de lo que canta un gallo les va a tener encima durante una eternidad.

—¡Inspector! ¡Había algo en el cuadro! —Gil ha cogido unos guantes y toquetea la obra como si se tratase de una copia de escaparate callejero de Montmartre. Vera no da crédito a lo que ven sus ojos y a punto está de soltarle al oficial un exabrupto cuando ve lo que este señala: una octavilla de color amarillo pastel impresa por las dos caras que no tiene pinta de ser cosecha de don Francisco de Goya y Lucientes.

—Creo que estaba en la parte trasera de la tela. Se debió de caer sin darnos cuenta.

—Si no llegas a ponerte los guantes, eres hombre muerto. Has tenido suerte. Y todos la tendremos si conseguimos alguna huella, aunque sea una parcial.

Ahora es Vera quien se pone los guantes, sostiene la nota y la mete en una bolsa para pruebas. Entonces la lee.

NO TE ESCAPARÁS

Es todo cuanto aparece escrito por una cara. En el reverso aparece una secuencia numérica.

1544 0638 2024 4625 7878 2179 7277 1887 994
325 809 5858 7934 3106 2647 1173 2838 1627

Y Bernardo Vera experimenta miedo por primera vez en mucho tiempo. De ese que te seca la boca y amenaza con paralizarte.

16

Alea jacta est.

Julio César

Madrid, 14 de julio de 1873

Han quedado temprano, en el puente de Segovia. La Quinta de Goya está de camino a la pradera de San Isidro. El sol pega fuerte a pesar de ser las nueve, aunque sea ya 14 de julio. A Salvador Martínez Cubells, de mediana edad y espalda estrecha, el pelo y la perilla poblados de un castaño encanecido y con reflejos zanahoria, la nariz excesivamente afilada y los ojos minúsculos tras las lentes, algo le preocupa. Son las pinturas: no ha dejado de pensar en ellas. Y por eso mira inquieto a Enrique y Francisco, sus dos ayudantes, calibrando si serán competentes. Emile d'Erlanger camina desde una distancia amplia, pipa en mano y sobrado de autoridad mientras los otros tres apuran un cigarrillo de la marca La Honradez; el grupo al completo atraviesa en silencio, como un cortejo fúnebre, las calles de Carabanchel bajo. Y Cubells piensa entonces en el cuadro de Goya *La pradera de San Isidro*, y que de aquella escena que representa hace más de noventa años y ni él, ni su madre, ni su abuela habían nacido todavía. *Tempus fugit*.

La Quinta se levanta sobre un terreno árido y mal asfaltado, orientada hacia el Este y ligeramente elevada sobre el río. Cubells imagina cómo habría sido el paisaje del Madrid más desierto de hace una o dos generaciones, con las luces de la puesta de sol iluminando la cúpula de la iglesia de San Francisco el Grande y el Palacio Real, y casi puede ver a Goya sentado en el jardín de su quinta minutos antes de anochecer pintando con esa perspectiva dorada. Quizá la casa del tapiz *Baile a orillas del Manzanares*, en el que dos majas y dos majos bailan junto al río, se tratase de la propia construcción, en la que un Goya de treinta años se habría fijado por aquel entonces. El pintor se quedó completamente sordo los últimos años de su vida, igual que su anterior propietario. Por eso ya daba lo mismo llamarla Quinta del Sordo que Quinta de Goya.

A primer golpe de vista uno se da cuenta de que se trata de un palacete abandonado. Solo con mirarlo se intuye que allí han debido de pasar muchas cosas. A Cubells le viene a la cabeza entonces el retrato de un viejo paseando su espalda corva con un gabán gastado; un hombre que luego cae derrotado porque sus piernas están débiles como para aguantar el peso de los años. En el jardín abandonado y hermoso de puro silvestre se respira un aire dulce. Y por un momento no se oye más murmullo que el del Manzanares, que discurre susurrando secretos indescifrables.

—¿Usted cree que podrá? —pregunta D'Erlanger tras abrir el portón con una llave oxidada; la jamba chirría melancólicamente. Una sonrisa enigmática le atraviesa la cara.

Cubells ya le había oído pronunciar esa frase días antes, formulada desde una inocencia aparente y el miedo apenas perceptible que Emile, bordeando los cuarenta, alto y con el porte distinguido de quien ha visto mundo, el traje perfecto y afrancesado, se empeña en disimular. De quien sabe que un «¿Usted cree que podrá?» no es otra cosa que la confirmación de un «Yo no podría».

Se habían conocido dos días antes en el Museo Nacional de Pintura y Escultura, aunque Salvador ya hubiera escuchado su nombre mucho antes de boca de Alessandra Abad. Mejor dicho, el caballero recién llegado de Londres le había encontrado a él. «Tengo entendido que es usted el mejor restaurador de Madrid», le habría comentado tras presentarse.

Todo había empezado con un par de golpes secos y seguros en la puerta de su despacho de la primera planta, en la fachada sur del museo, y con un apretón de manos preciso que parecía ensayado. Cubells acostumbraba fijarse en las manos de los hombres: creía que estas, como ocurría también con los hombros de las mujeres, tenían el poder de contenerlo todo, más que las palabras y que los ojos. Y las de Emile d'Erlanger eran del tipo de manos cuidadas y también fuertes, pero que no conseguían transmitir más que una hombría aparente. El barón no le cayó bien: lo había decidido en el acto.

Esa misma noche, primero en el salón japonés de Lhardy —«en la Puerta del Sol a las siete»— frente a un moscatel y con un ambiente de república agonizante, y más tarde justo al lado, en el jardín del Café de la Iberia —situado a escasos metros del que fuera el palacio del marqués de Santiago y de cuyas paredes aún colgaban dos retratos de Goya de la V marquesa de Santiago—, Salvador se dará cuenta de que a lo mejor no iba a poder.

—Le voy a presentar a un hombre que le ayudará con las pinturas —murmuró D'Erlanger entonces en un español correcto cuando se encontraron aquel atardecer en la esquina de la Carrera de San Jerónimo. El reloj de la torrecilla del Ministerio de Gobernación acaba de dar las siete y cuarto cuando Juan Laurent hace su entrada en escena.

Se conocen. Han coincidido numerosas veces, algunas durante los paseos de Salvador frente al estudio fotográfico del francés, que está al lado del restaurante, pues la vida en Madrid parece a menudo concentrarse en ese punto alargado; otras, en el Café Suizo, en la esquina de Alcalá y Peligros, Salvador con un chocolate, refugiado en la mesa de siempre del gran salón, de espaldas a las paredes de terciopelo mientras contempla absorto a la gente pasar a través de los ventanales; la mayoría, en el propio museo, mientras Juan, Jean, o simplemente J. Laurent, la nariz gruesa, el pelo con la raya cuidadosamente peinada a un lado y el entrecejo fruncido, fotografía los exteriores e interiores de la pinacoteca, siempre con ese gesto reflexivo suyo.

En todos esos lugares intercambiaron algunas frases, saludos fugaces o inclinaciones de cabeza que nunca llegaron a más porque algo chocó entre ellos desde el principio, quizá por la cantidad de años que le sacaba Laurent o tal vez porque apenas tenían amistades comunes. O porque cuando es que no, es que no.

Dos plantas. Quince pinturas. Las paredes oliendo a húmedo, como es lógico en una casa cerrada, olvidada y llena de polvo. Y ese «¿Usted cree que podrá?» clavado en los sesos de Salvador, que ya no se desharía de la primera impresión, justo al entrar. A principios de aquel mismo mes había nacido su primer y único hijo, Enrique. Y la alegría se vería mezclada con la náusea, con el olor a muerte de la Quinta. Y aquello le provocaría más pesadillas todavía.

En la pared de la izquierda la cara perfectamente iluminada de un dios endemoniado mira al infinito furiosa y vencedora mientras devora a su hijo. Y se acuerda del *Saturno* de Rubens, mucho más recatado, cargado de la modestia de quien tiene la piedad de describir una escena desgarradora como una estampa casi romántica. Y piensa que los tiempos realmente han cambiado, o que Goya era un tipo siniestro. O ambas cosas.

Entra con cuidado, tratando de contar los pasos para no perder el equilibrio —«Uno, dos, tres»— y con el rabillo del ojo y a su derecha encuentra a la oscura Judith decapitando al general Holofernes, segura y muy mujer. Sonríe entre dientes y aprieta la mandíbula.

También se topa con una maja desafiante y de luto, Leocadia Weiss o Zorrilla, pero más Goya que otra cosa, pues decían de ella que había sido su amante y que habían tenido juntos a Rosario Weiss —que de Weiss tenía muy poco y que de Goya tenía bastante—, con la que se exiliaron a Burdeos. La bastarda salió pintora mediocre y traficante de falsificaciones.

Las pinturas desbordan las paredes y contrastan con el papel pintado de flores y encostrado de años, dejando apenas espacio para las tres ventanas de la planta baja. Todas están en mal estado, cubiertas de telarañas y relegadas al destierro al que se somete a un genio hasta que comienza a ser venerado ya tarde, porque lleva muerto medio siglo. Y ahora viene un extranjero a hacer negocios con un fantasma.

Sube las escaleras mientras los demás se quedan abajo esperando el veredicto del mayor experto en pintura de la época. Y solo con treinta años y cinco a la espalda como primer restaurador del Museo Nacional de Pintura y Escultura.

Los peldaños se le hacen pesados; no le gusta nada todo aquello. A la izquierda y dominando las paredes de dibujos ahora geométricos, dos hombres luchan con garrotes. A la derecha un trío de caras desfiguradas, patéticas y crueles parece leer algo.

Cuando se da la vuelta casi se cae de bruces al suelo: un ángel con las alas negras, más negro que el diablo mismo, lo espera junto a las escaleras. No puede evitar el escalofrío, el mal fario. Y el ambiente empieza a hacérsele irrespirable. Algo en Salvador se encoge. La espalda del ángel dibuja un ángulo que imposibilita ver su cara, solo imaginarla despiadada, con esas alas como de cuervo erguido y desafiante. Únicamente el extremo de una nariz picuda y pintada en un naranja terrible anticipa un paisaje mental espeluznante, el de Cubells años más tarde, porque dejará la pintura del ángel para el final por puro miedo.

«"¿Usted cree que podrá?" Nadie puede con el diablo», se repite llegando a la Quinta, subiendo las escaleras cada vez más inclinadas y sacando los instrumentos de su maletín, esta vez sin ayudantes: a ellos también les asusta la casa. Colocando con mucho cuidado el lienzo en blanco; traspasando primero las alas negras y la curvatura soez de la frente, más adelante las garras, y todo poco a poco, conservando la calma. Tratando de no imaginar al «ángel» vuelto, y es que sabe que le augura la sonrisa hiriente y de bufón macabro. Y por eso, mucho más adelante sabría hasta qué punto una idea delirante, la de un ángel con las alas negras abrazándose a uno eternamente, puede infectarte la carne. Y ya demasiado tarde se convencerá de que amor y locura son la misma cosa, puesto que la mayor parte de las locuras sí deben hacerse por amor.

—¿Usted cree que podrá? —La voz de Emile acuchilla otra vez el aire y llega amortiguada desde la planta de abajo tanteando un terreno pantanoso. Consciente de estar adentrándose en esa clase de lugares privados de un hombre a los que es mejor no acercarse por instinto. Y a ese tipo de casas que guardan algo más que la memoria de quienes las habitaron.

Pero Salvador a lo mejor sí puede o eso piensa aquella mañana de sol, porque la luz puede a menudo con los demonios. Y todo queda sellado con un apretón de manos otra vez estudiado y con Cubells tanteando los ojos de D'Erlanger, que a ratos parecen de animal asustado y otras los de un desalmado capaz de cualquier cosa por dinero. Y eso no le gusta.

Es mediodía y el restaurador camina por Madrid con la cabeza clavada al suelo, ignorando a ratos la calle de Segovia y después la cuesta de la Vega y luego abarcando unos cuantos metros de la calle Mayor a grandes pasos, con los restos de la muralla musulmana a la derecha y el teatro de la Ópera —en cuya fachada un cartel con pompa anuncia la representación de la ópera *Aida* para diciembre— a la izquierda. Finalmente atraviesa con parsimonia, como ofreciéndole el homenaje que se merece, la Puerta del Sol y los primeros metros de la calle Alcalá hasta el Café de Fornos. Se lleva de vez en cuando la mano al bolsillo interior de la chaqueta; y entonces sus dedos tocan por enésima vez el puñado de cartas dobladas con esmero. Así parece que se le relaja el pulso. Y tras un lenguado al horno y un café solo, las lee de nuevo —«Te quiero, Salvador; tuya, Alessandra. ¡Tengo tantas ganas de verte, amor mío!; para cuando leas estas líneas ya estaremos juntos...»— mientras los pliegues de papel verjurado amenazan con romperse. Y evoca su cuerpo desnudo —joven pero sabio— dándole la espalda después de haber hecho el amor por segunda vez aquella tarde, que es cualquier tarde de la que quiere tener memoria, en su discreto apartamento de soltero, que desde hace meses es su particular nido de amor en la calle Fuencarral.

—Va a venir a verte un hombre, Salvador, mucho

más poderoso que nosotros. Y necesito que me ayudes. —Anochece un día más de mayo de 1874. Y ella es demasiado guapa como para dejar de besarla, y Cubells apenas la escucha. Un idiota que es el títere de una mujer muy lista—. Necesito las *Pinturas negras*.

Lo que Salvador no sabe es que en realidad no está preparado para esa clase de fantasmas, los que uno piensa que lleva únicamente dentro y con los que de repente te topas en una casona a orillas del Manzanares.

«¿Usted cree que podrá?»

17

Usted puede descubrir a qué le tiene más miedo su enemigo observando los métodos que él usa para asustarlo.

ERIC HOFFER

Cansados, porque pasar miedo cansa, y, sobre todo, porque la nota amenazante de un asesino despiadado hace que uno se estremezca, la doctora Adler y el inspector Vera se sientan el uno frente al otro en una de las mesas de la cafetería del Prado, en la transición entre los dos edificios que componen el museo. Los bancos son incómodos para dos que han estado antes corriendo en busca de pistas. La enorme sala está desierta salvo por ellos, Raimundo Cabrera y un grupo de Nacionales vigilando muy cerca, en la confluencia de las dos semicircunferencias de metal cobrizo que hacen de entrada a la tienda de regalos. El resto de los policías está inspeccionando el interior y exterior de la pinacoteca. Llaman al caso «Operación Saturno».

La escena se reduce a dos cortados de una máquina expendedora y un cigarro. Cabrera, a dos metros de distancia y escoltado por un Gil tieso como un pasmarote, espera a su abogado. El director del Prado se ha negado a sentarse. Parece nervioso, sin dejar de frotarse las manos cada pocos segundos para entrar en calor.

Adler bebe con prisa. Termina su café de dos tragos y saca otro de la máquina. La cafetería está cerrada. De todas formas, los dulces y los pinchos de tortilla de ese local son solo aptos para turistas japoneses. Desean muchas cosas, pero sobre todo salir de allí habiendo sacado algo en claro y, también, aunque con reservas, que llegue de una vez el responsable de la Comisaría Madrid-Retiro, Antonio Gálvez Abreu.

El comisario es un gallego de esos que únicamente lo son de boquilla porque fue dejándose el acento en León, Palencia y luego en Collado Villalba para más tarde —de eso hacía tres años ya— comenzar a trabajar en la capital. Es un tipo menudo y calvo de los que no se molestan en utilizar un peluquín ni en probar champús de farmacia, con muy mala leche pero con buen fondo, puede que incluso quizá poco retorcido para el puesto que ocupa. Tiene un aura de niño bueno entrado en años, el típico eterno adolescente con un punto de picardía que exhibe a los cuatro vientos: le resulta imposible no tratar de ligarse a todo lo que tenga más pecho que él y es bien conocido que, cuando la pausa entre café y café no requiere de su presencia, se escapa al pub Las Mimosas, a dos pasos de la comisaría, para echar un polvo rápido, cosa que ni siquiera oculta. Ni tampoco el que cada dos fines de semana deja a su mujer viendo la tele para irse con la amiguita de turno a algún hotel con encanto. Por eso, Vera no sabe si Gálvez acudirá o no, y si lo hace, si será en unas horas o al día siguiente: no ha recibido ni una llamada de él en toda la mañana y las malas lenguas sugieren —y hay muchas en el Cuerpo— que está con una rubia en Granada disfrutando del puente más que otros, claro está, y con el móvil apagado, por supuesto. Licencias del rango.

Y luego están los de ARCA, a punto de hacer su entrada triunfal en escena, según la experta en Goya. Triunfal. Y ¿qué narices pintarán unos extranjeros en un asunto del Gobierno de España si no es para montar el circo? Y Vera apunta en su cuaderno las siglas «ARCA» otra vez, y supone que aquel será un espectáculo muy particular. Y, por desgracia, le han tocado asientos en primera fila.

El inspector sabe bien que estar frente a Ada Adler, tremenda y genuina, con la trenza deshecha y los sentidos sobreestimulados tratando de atar cabos, es más un pasatiempo que trabajo de campo. Y es que, a pesar de las circunstancias, mirar esos ojos suyos se está convirtiendo poco a poco más en un placer que en parte de la investigación, aunque ahora los nuble un halo de humo —«¿Alguien puede ir a buscarme tabaco? Fortuna, por favor»— y ella parezca estar siempre enfadada.

—Me han jodido el museo, Vera.

Y él, que apenas se ha despeinado porque está acostumbrado a muchas cosas, salvo a un miedo como el de hace un rato, que no experimentaba desde hacía años, ese que te empapa las venas, se fija mejor en el *top* de seda de Adler mientras ella se lamenta, admirado por su escote triangular, alabando en silencio lo bien que le sienta ese tono marfil a su piel morena. Y piensa en cuánto le gustaría ponerla a salvo. Protegerla de los malos.

—¿Cómo supiste que era una copia?

Ella le explora tranquila, abarcando la franja de piel que va desde la barbilla de él hasta el cuello abierto de su camisa. Y pone una mueca de resignación mientras se concentra en la grabadora y mira de soslayo la libreta que descansa sobre la mesa.

—Porque, para empezar, hay que estudiar de veras para llegar a conocer la diferencia. Currárselo como yo lo he hecho, Vera, dejándome los codos y las noches de juerga en los pupitres de los colegios mayores de varias universidades del mundo y consiguiendo becas a base de mucho esfuerzo. Haciendo cursos y másteres a diestro y siniestro y bordando un doctorado del que aún se habla por aquí y por allá. Y en serio se lo digo, yo soy de las buenas, de esas que se apunta a cursos de reciclaje mes sí y mes también y cuyos libros de cabecera son auténticos ladrillos casi catalogados como armas arrojadizas, todos sobre Goya. ¿Le suenan autores como Janis Tomlinson, Robert Hughes o René Andioc? Pues a mí sí, tanto que podría recitarle párrafos de sus ensayos de memoria. Y, para terminar, porque hay demasiada gente que se cree unos apasionados del arte, incluso unos expertos en arte, pero que no sabrían distinguir un original de una copia de Goya aunque los tuvieran el uno al lado del otro. Si le soy sincera ni siquiera confío en que el uno por mil de la población sepa diferenciar un Goya de un Velázquez. Y es que, como a algunos les pasa, a usted por ejemplo, y no me lo tome a mal, les da por meterse al Cuerpo de Policía y, no se ofenda, pero de ahí no salen, porque se ponen a ver la tele con un par de birras cuando llegan a casa por las noches o se dedican a hacerle cosquillas a su mujer. O peor todavía, a la novia de turno. Me extrañaría que estuviera al tanto, por ejemplo, de que hay dos cuadros pintados por Goya sobre los primeros días de mayo de 1808. O de que Goya nació hace más de doscientos cincuenta años en un pueblo diminuto que hoy también lo sigue siendo.

—No te pases, Adler. ¡Ah! Y felicidades por ser una experta en Goya además de una, y no te molestes, por favor, pedante de narices. Además, y como ya sabrás, tenemos que corroborar lo del tema de la copia y el original. Supongo que para eso están tus chicos de la brigada fantástica, los del ARCA, ¿no? Adler, Adler... Tan joven y tan lista. Creo que sufres de complejo de detective. Las chicas Bond deben de darte urticaria.

—Sí, es cierto —la doctora no le quita los ojos de miel de encima—: para certificar una falsificación es imprescindible la opinón de un segundo experto. Y este trabaja para el Instituto Smithsonian, es decir, a seis mil kilómetros de aquí. Por si fuera poco, está a punto de jubilarse. Eso sí, es el mejor: a mí me hicieron falta quince minutos para saber que el *Saturno* rajado era una copia, aunque no me dejaran estar lo suficientemente cerca del lienzo como para valorar el deterioro de la tela; a él le habrían bastado diez segundos. No sé si le podrán traer desde Washington hasta aquí, no tengo ni idea de cómo cooperan la burocracia española y la estadounidense, y más cuando el hombre en cuestión padece una enfermedad degenerativa. No obstante, y en el mejor de los casos, tardará como mínimo un par de días en llegar a Madrid. Se llama Gordon Glass. Es un erudito judío catedrático en Georgetown. Imagínese cómo han cambiado los tiempos: un judío en una universidad de jesuitas.

—Fascinante. Y ahora, ilústrame. ¿Qué opinas de la nota que nos ha dejado nuestro amigo?

—Pensaba que eso era cosa vuestra. Averiguar cosas, además de detener a criminales.

—Tu opinión artística. Por favor.

—No tengo ni idea. Excepto por el mensaje. Es el título del *Capricho 72* de Goya, un grabado a pluma de 1799 de la serie *Los Caprichos*, en el que una mujer baila rodeada de seres alados con atributos humanos. No te escaparás... —Ada Adler reflexiona—. Goya explicaba en alusión al grabado que «Nunca se escapa la que se quiere dejar coger».

—¿Está expuesto?

—No este año. Y no tengo ganas de correr otra vez. Almacén número dos, también en el edificio de Los Jerónimos.

—¿Por qué no me lo dijiste antes? Ahora debería ser yo el que sudase. Pero en algo estamos de acuerdo: a mí tampoco me apetece correr.

»Gil, acércate. —Lo reconocía: le encantaba tratar a su compañero como a un sulbalterno.

El inspector arranca algunas hojas de su cuaderno de notas.

—A ver, Adler, haz un mapa, un esquema o lo que sea del lugar donde está el grabado. Y un dibujo de él, por si acaso los chicos se nos pierden. —Y se da cuenta de lo rápida que es con los bocetos—. Gil, llévate a Martínez, a Pelayo y a Díaz. Llevaos *walkies*, móviles, pistolas por supuesto, chalecos antibalas por supuesto, y una copia de esto. Cabrera, venga aquí. Vaya adonde tenga que ir y haga unas cuantas fotocopias de estos dibujos.

En menos de cinco minutos el equipo del inspector tiene copias suficientes, con un croquis en condiciones sobre la ubicación del grabado y un esbozo de este, cortesía de la ninfa —«Además dibujas bien, como yo, niña, pero lo de los faros y los mares es otra historia»—, y a tres Nacionales armados hasta los dientes, dos de ellos del TEDAX, además de a un

Gil que se está ajustando el antibalas hasta casi el punto de gangrena. Y el espectáculo, sin quererlo, le parece cómico.

Mientras esperan —los bancos de madera son cada vez más incómodos, el cortado de Vera se enfría y la doctora disecciona el espacio, como si no se lo supiera ya de memoria— a lo lejos se escucha un ruido de sirenas. Coches discretos, aventura el inspector, negros y grandes tipo todoterreno blindado americano. Hacerse visible, tener público que intimidar, parece ser su única finalidad. Pero el sonido se va apagando hasta perderse unos cientos de metros después. Madrid es una ciudad extraña.

Los muchachos de la Operación Saturno han estado dando señales de vida. Y todo correcto, salvo por una nota. Primero se cercioraron de la ausencia de explosivos en el cajón de acero en que estaba guardado el grabado, porque fue un error y de los gordos no hacerlo la primera vez. Y ahora regresan con la pista y el *Capricho 72* de Goya.

—Estaba justo entre los *Grabados 71* y *73*, señor.

—Esta vez en su lugar —comenta Adler mientras apura el quinto Fortuna. Y Vera deduce su monólogo interior: «Aquí fumo porque me da la gana, bla-bla-bla.» «Niña, qué frágil eres.»

—Solo una frase. Nada de números, jefe. —La voz llega distorsionada a través del *walkie*.

—Ok.

—Estamos subiendo.

Ella termina el café, da las primeras caladas al sexto cigarro y ojea relajada su móvil, uno como el de Vera, solo que infinitamente más cuidado y no con la superficie arañada de las caídas. Él y Ada son las dos caras de la misma moneda, piensa Vera. *Utraque unum*. Quizá por ello esa mujer le transmite algo especial y en cierto modo antiguo. La intuye, ¿cómo decirlo? Auténtica.

—Cena conmigo —sugiere Adler.

Lo mira fijamente. Ada estudia a Bernardo, Ber, como está a punto de llamarle y seguro que nadie le ha llamado nunca; con ese trato de usted tan retro y ese poso de inteligencia concentrado en sus iris profundos. Y de nuevo sin ninguna prisa se detiene en la cicatriz que se adivina en la mejilla del inspector. Y está a punto de decir algo, porque entreabre los labios, pero luego tal vez se lo piensa mejor, y todo para seguir observándole. De repente sonríe. Apenas dura un segundo.

«Di algo, Vera. Ella no va a abrir la boca.»

No le da tiempo porque se oyen los pasos de los

compañeros, que llegan al trote y jadeando. Entregan lo pactado.

—¿Me ilustras, Adler? —Mientras Bernardo Vera le cede el grabado con la nota, de igual calidad y grosor de papel que la anterior y con el mismo tipo de letra impresa (una fuente que le era desconocida) aunque esta vez escrita a una sola cara, percibe cómo ella inspira largamente, como si hubiera estimado que le hacía falta una dosis de aire extra para poder decir que no está segura. Pero, en vez de eso, analiza la frase y tiembla. No es para menos.

NUNCA SE ESCAPA LA QUE SE QUIERE DEJAR COGER

—*Voilà*. —La voz le sale un punto más alto de lo acostumbrado; mira la lámina como si fuera la primera vez, o como si le estuviera revelando nuevos matices—. Como ya te dije antes se trata del *Grabado n.º 72* de *Los Caprichos*, una serie de ochenta grabados que representa una sátira de la sociedad española de finales del siglo XVIII, sobre todo de la nobleza y el clero. Goya, muy relacionado con los ilustrados, compartía sus reflexiones sobre los defectos de la época en que le tocó vivir, y lo hacía a través de sus obras. —Ella hace entonces una pausa, simulando concentrarse mientras se rehace la trenza—. Los signos externos son parte de la liturgia del exhibicionista —susurra para sí misma—. Era contrario al fanatismo religioso, a las supersticiones y a la Inquisición. Aspiraba a leyes más justas y a un nuevo sistema educativo; todo ello lo criticó en clave de humor en estas láminas. Esta en cuestión se llama *No te escaparás* —Adler habla y le enseña la ilustración a Vera al mismo tiempo, como dando una clase a un alumno especialmente aventajado... o particularmente tonto—, y fue publicada en 1799. En ella aparece una bailarina, llamada la Dutim o la Duten. Como ve, los seres revoloteando alrededor son aves con características antropomorfas; animales para los que se han barajado nombres como el del ministro Godoy. En este caso, la frase, como te comentaba antes, es la explicación que da Goya del grabado. El papel es verjurado ahuesado. Si te fijas, es del mismo grosor y tipo en ambas notas. —Vera ya lo había advertido—. El pintor hizo doce series de copias de *Los Caprichos*, aunque en principio planeó hacer muchas más, unas doscientas. En el Prado tenemos algunas de ellas. ¿Sabes lo que es un grabado, inspector?

Vera se acerca muy lentamente a Ada Adler, estudiando el relieve de sus hombros. Se esfuerza por no sonreír.

—No me tomes por gilipollas, ¿vale? Y nos llevaremos bien. Porque vas a tener que verme la cara más veces de las que tal vez quisieras.

—Tal vez.

—Nunca se escapa la que se quiere dejar coger... Interesante. Por lo demás y a estas alturas del juego no me parece una pista, sino más bien una distracción, una especie de broma de mal gusto. Cabrón. Jueguecitos de tarado psicópata. Nunca se escapa la que se quiere dejar coger... —Vera mide las palabras antes de hablar—. ¿Conoces a alguien que quiera hacerte daño? —La doctora ni se molesta en contestar—. ¿Algún amante despechado capaz de descuartizar a tu exnovio? O alguna amiga.

Ada permanece en silencio.

—Te puedes ir, Ada Adler. Ah, y te sonará a tópico, a detective intenso o algo así. —Por fin, otra de sus sonrisas—, pero aquí tienes mi tarjeta. Por si te acuerdas de algo. De cualquier cosa, ¿vale? Gil te acompañará a tu casa y se quedará vigilando en la puerta hasta nuevo aviso.

—Pero...

—¿Algún problema?

—Sí, pues que no me da la gana.

—¿Y qué te hace creer que me importa lo que te dé la gana? Lo que me interesa es tu seguridad. Por supuesto, puedes hacer vida normal, seguir dando clases y entrar y salir de tu casa para hacer la compra, ir a hacer *running* al Retiro o irte a una cata de vinos con el esnob de turno. Pero ten el teléfono cerca, ¿vale? Estaremos en contacto.

Entonces Vera se aproxima de nuevo a ella, lo bastante esta vez como para oler su olor a fresa y su sudor de nuevo; lo suficiente como para lamentar no poder ser ciertas cosas, como, por ejemplo, el esnob de turno.

—Protegiéndote. Ni más ni menos.

Nunca se escapa la que se quiere dejar coger... La frase pone los pelos de punta a Vera. Y mientras ve alejarse a Ada, desea que el maestro Goya tenga razón.

18

Jugaba con su voz de sombra [...]

FEDERICO GARCÍA LORCA,
refiriéndose a La Niña de los Peines

—¿Adler?

—Es la una de la madrugada. ¿Estás bebido, inspector?

—Nunca me habías llamado «inspector».

—Al grano, Ber.

—Creo que he descubierto algo. Y necesito tu opinión.

—¿No puede esperar a mañana?

Sin ser más que un cuchitril de cuarenta metros en un semisótano situado en pleno barrio de Malasaña, el Nacha pub está infinitamente más concurrido de lo que hace tan solo unas horas estaba el bar Lagasca con el quíntuple de espacio.

El local es un hervidero de murmullos que, como si formara parte de un ritual, emite la veintena de hombres y mujeres —todos de treinta para arriba— que se reúne allí. NOCHE FLAMENCA, se anuncia en la entrada. En el escenario, un grupo formado por tres hombres se afana en seguir el compás al tiempo que golpea las cajas de percusión. Un ritmo sensual llena de embrujo el ambiente. Son gitanos de buena planta, con la piel de aceituna. Les siguen los guitarras —como un quebranto apenas audible al principio, como un preludio ciego de algo más grande— rasgando el aire. Y aquellos parecen los primeros acordes de una pieza del repertorio de La Niña de los Peines. Completa el cuadro una cantaora menuda, de cuarenta y pocos, vestida con una faja rematada con volantes de almagre y peinada con el pelo suelto, rizado y oscuro como el micrófono que sostiene entre sus manos de uñas larguísimas, y cuya voz se abre paso como un lamento entre una audiencia de lo más variopinta. La suma del sonido de cajas, guitarras y voz le trae a Bernardo a la memoria las primeras notas de un tango que, de muy pequeña, tal vez con ocho o diez años, La Niña de los Peines solía cantar. Una de esas canciones que, según le contó su abuela, nunca se grabaron y que podía tararear de oídas. Como este: «Péinate tú con mis peines, / que mis peines son de azúcar, / quien con mis peines se peina, / hasta los dedos se chupa», que ahora inunda la sala y su memoria.

«Fue una gitana de los pies a la cabeza.» La abuela, muy aficionada al flamenco y, según ella, con raíces gitanas, le contaba una y otra vez la historia de la tal Pastora, que era como se llamaba la de los Peines. Ya de anciana y cuando el Alzheimer empezaba a hacer mella en su memoria, aseguraba que había nacido en Sevilla a principios de 1900 o puede que antes y que era guapa y muy hembra; y que revolucionó el mundo del flamenco y que fue amiga de Manuel de Falla, el de los billetes de cien pesetas, y también de Lorca y de Julio Romero de Torres. Pero Bernardo, que era apenas un niño, no se enteraba de nada. Al él nunca le había gustado el flamenco. Tal vez tuviera que ver con las tardes que pasaba sentado alrededor de la mesa del cuarto de estar de sus abuelos, con el mantel de hilo cubierto por un visillo y con la estufa de gas debajo quemándole las piernas. Su padre le dejaba allí cada dos domingos. Entonces los tres hacían como que jugaban al cinquillo, y después su abuela le contaba historias sobre La Niña de los Peines y cantaba. Y mientras lo hacía las lágrimas empañaban sus ojos...

Adler está emocionada, se mezcla con la muchedumbre mientras avanza hacia la barra donde la espera Bernardo, que no ha dejado de mirarla desde que la vio aparecer por la puerta. Una vez a su lado, imita al inspector: zumo de tomate también para ella, pero el suyo en un Bloody Mary, «sin Worcestershire, solo con pimienta negra, cuatro gotitas de tabasco y un montón de hielo». Cualquiera podría haberse quedado enganchado a esa sonrisa.

—Escucha. —Se oye el tango *Del color de cera, mare* traspasar el aire desierto de voces. Los sentidos de los asistentes están secuestrados por la cantaora; Ada incluida—. He estado investigando por mi cuenta tratando de averiguar con qué se corresponde la serie de números que nos dejó el asesino. Casi me vuelvo loco. —Adler le mira como si lo estuviera—. Y me he dado cuenta de un detalle.

—Pensé que teníais un departamento de Criptografía para esas cosas. ¿Por qué por tu cuenta? ¿Tienes complejo de tonto, Ber?

Y Vera no puede evitar esbozar una media sonrisa. Ada estalla en una carcajada cruel, como si le pareciera gracioso haberle pillado al poli en un renuncio. Entonces él, que se da cuenta de lo que está pensando, la hubiera hecho callar en ese instante y de una manera muy concreta y nada violenta; eso sí, de haber sido suya. Y de haber sido otro.

—Tengo complejo de inspector de policía, mira tú por dónde. —Bernardo cuenta hasta tres mentalmente—. Como sabes, cada obra del museo está clasificada con una referencia alfanumérica: una «P» para las pinturas, una «D» para los dibujos, una «G» para los grabados... Todas seguidas de cinco números. Así, por ejemplo, la secuencia P00001 corresponde a *El tocador de Venus*, un óleo de un tal Francesco Albani.

—Vale, estamos de acuerdo. ¿Y?

—Que he probado con cada secuencia y todas coinciden con obras del museo. Al principio no tenía ni idea de qué iba todo esto porque la letra que nos dice si la obra es pintura, dibujo o grabado no aparece en la nota de nuestro psicópata particular. Pero después me di cuenta de que las pinturas, porque he comprobado que todas lo son, están expuestas ahora mismo en alguna de las salas del Prado. Todas a excepción de seis. —El inspector saca un papel doblado en varias mitades del bolsillo: un esquema con números, flechas y palabras. Quiere dar peso a su tesis.

—Parece una vía de investigación tan buena como otra cualquiera. Una pista, digamos, lógica. Sólida. Enhorabuena, Ber —dice Ada mientras da un trago a su cóctel con fingida indiferencia. Adler lleva una cazadora de cuero negra a juego con sus ojos ahumados. No le gusta cómo le quedan así, tan oscuros, con esa mirada a lo *femme fatale*. Ella pide el segundo Bloody Mary sin que sus labios hayan perdido ni un matiz de un rojo tan sanguíneo como el cóctel.

Entonces, sin mediar palabra, Ada, presa de un arrebato de nostalgia, recorre con sus pasos de niña bien el tramo que va de la barra al escenario. Y comienza a balancear su cuerpo muy despacio, mientras se acompaña con los brazos que alza por encima de su hermoso rostro. Sus movimientos se sincronizan con el rasgueo de las guitarras. Apostado en la barra, Bernardo la observa con la mirada fija en la zona donde la cintura y las caderas se confunden. Entonces la cantaora le cede el espacio. El latir de las cajas va *in crescendo*. Y Vera no puede dejar de admirar su baile, que no es perfecto pero que secuestra su voluntad como si de un canto de sirena se tratase. El hechizo dura lo que tarda la pieza en terminar.

¡Ay!, qué me pesa,
y el rato que lo tuve,
ole, ole, ay ¡qué me pesa!
y el rato que lo tuve,
ole, ole y en la cabeza.
Mi mare me dijo a mí
que cantara y no llorara.
Que cantara y no llorara,
mi mare me dijo a mí,

que cantara y no llorara,
que echara las penas a un lao
cuando de ti me acordara.

Con el vele, vele, vele,
a perra chica claveles,
que me lo dio un sevillano;
qué bonito y qué bien huele
por la mañana temprano.

—Me gusta, Ber, eres un chico listo. Es posible que mucho. —La conversación prosigue como si nada, aunque ella coja más aire al respirar de regreso a la barra. Bernardo Vera se abstiene de comentar nada y procura mirarla como si le gustara un poco menos su manera de hacer las cosas, aunque sea justo lo contrario—. Tal vez al asesino le excite que vayamos obra por obra en busca de pistas. Chalados, ¿verdad? Parece que están de moda.

—No lo sé. Pero hay dieciséis pinturas: diez expuestas, cinco en los almacenes del Prado. Y la otra...

—La otra en un camión blindado llegando a Bélgica, junto a otras quince composiciones de Anton van Dyck, ¿no iba a decirme eso? —Y mientras habla, Vera observa su cuerpo empapado en sudor y la desea de nuevo.

—*Los desposorios místicos de Santa Catalina,* sí.

Va a celebrarse en Amberes la retrospectiva del pintor flamenco más completa hasta la fecha.

—Van a llevar obras de todos los rincones del planeta. Incluso de una colección de un particular afincado en un pueblo de Tasmania. No sé si lo sabes, Ber, pero Amberes fue la ciudad natal del pintor. A la exposición la van a llamar *Las edades de Van Dyck*. —Pausa breve—. ¿La Policía invita al tercer Bloody o lo haces tú personalmente?

—Te equivocas de hombre, lo siento. Será mejor que te lleve a tu casa. Salimos de viaje mañana a primera hora.

—Pero...

—Pero nada. Lleva algo de abrigo. Salimos mañana. Te quiero ver a las 10.00 en Barajas.

— Mañana es fiesta. ¿No descansas nunca?

—Esto lo hago por mi cuenta. —Vera se concede unos segundos: intenta buscar una razón que justifique su forma de actuar—. ¿A ver si un ciudadano que es policía en España, vale, pero sin jurisdicción en el extranjero no puede irse con una profesora de Arte a pasar la noche a Bélgica? No quiero que nadie toque el cuadro antes que yo. Antes que nosotros. Con mucha suerte seguirá en los almacenes del museo de la exposición, el KMSKA, cuando lleguemos.

—¿Estás loco o qué?

—Ven conmigo, Adler.

El silencio es tan denso que se podría cortar con un cuchillo. Adler le mira como solo ella sabe, con esos ojos iguales al ámbar. Y Vera cuenta hasta veinte antes de que la doctora se ponga a hablar.

—Está bien. Tengo un contacto allí: el comisario de la exposición. Un amigo. Le llamaré mañana a primera hora. Es la persona que más sabe de Van Dyck que conozco. Se hace llamar Gustav Klimt.

—¿Pero ese no era el pintor?

—Es una historia muy larga.

Es así como el inspector Vera decide, sin solicitar el permiso de ningún superior ni desde luego del ARCA, salir rumbo a Amberes vía Bruselas en el vuelo de las 12.15 horas de aquel sábado 3 de mayo, operado por Iberia, tan solo unas horas más tarde.

Y poco le importa si lo hace por el vacío que siente, por las ganas de resolver el caso o el misterio que encierra esa mujer que cada minuto le tiene más subyugado.

19

Todos los viajes tienen destinos secretos
sobre los que el viajero nada sabe.

MARTIN BUBER

El día amanece fresco, parece que el calor se está
haciendo de rogar. El cielo es una plancha de un gris
plomizo que amenaza con convertirse en lluvia de
un momento a otro.

En el mismo instante en que la megafonía anuncia el embarque de los pasajeros con destino a Bruselas, la doctora hace su entrada triunfal en la T4.
Camina despacio, con paso elegante, medido, porque Adler no se inmuta por casi nada y menos por
llegar con un retraso de tres cuartos de hora y estar a
punto de perder un vuelo. Vera se limita a acercarse
a ella por la espalda para ayudarla a quitarse la ga-

bardina no sin antes retirar su melena como si la acariciara. Ada le agradece la ayuda y su voz adquiere un matiz diferente que Bernardo no sabe cómo interpretar. Los altavoces insisten: «Último aviso para los pasajeros del vuelo...»

—No querrás perder el vuelo, ¿verdad, Ber? —Ada le observa con cierta altivez. Lleva la cara lavada, pero desprende ese eterno olor a fresa que, desde que la conoció, tiene secuestrados los sentidos de Vera. Reconoce que la señorita va sobrada de soberbia. Y que sin maquillaje está aún más guapa.

—En qué estaría pensando... —responde el inspector con sorna.

Tres horas después, recién llegados al Aeropuerto Internacional de Bruselas, el policía se dará cuenta de que, además de femenina, Ada Adler puede llegar a ser letal, cuando en un francés inmaculado —deshaciéndose en una lengua que él intuye deliciosa— indica la dirección del hotel al taxista.

—Espero que te guste, es un Hilton con unas magníficas vistas desde la azotea.

—Ni que esto fuera una escapada romántica, Ber.

El conductor, un joven y guapo neerlandés, cae rendido ante la mezcla de la sonrisa y el acento francés de la doctora.

—*Vous parlez bien le français** —le dice a través del retrovisor.

—Por supuesto, yo corro con los gastos.

—Por supuesto —le responde mientras saca de su gran bolso azul marino tipo saco un espejo de estaño muy antiguo con las palabras PER TE grabadas en la tapa. Es su único equipaje. La doctora es una mujer práctica acostumbrada a viajar con relativa frecuencia, y salta a la vista que no es del tipo que guarda sorpresas en su equipaje, ni a la que le preocupa llevar un modelo diferente para cada ocasión. Porque ella es Ada Adler, la que fuma donde le da la gana, bebe cuando le da la gana y seduce a quien le da la gana—. *Se souce si...?*** —dice fingiendo pedir permiso al conductor que rápidamente baja las ventanillas del coche mientras suelta un «*Bien sûr, madame!*»*** cargado de entusiasmo.

El paisaje posee una belleza propia de un cuento de *Hansel y Gretel*. A lo largo de una franja de cuarenta kilómetros se despliega toda la gama cromática en contraste con un cielo azul que luce radiante. Los

* «Habla bien francés.»
** «¿Le importa si...?»
*** «Por supuesto, *madame*.»

jacintos y las fresas, las varas de san José, las dedaleras y los lirios del valle se entremezclan con el verde más variopinto, el de los bosques de robles, hayas y olmos. Y el inspector, que nunca había estado en Bélgica, cuya vida se podría decir que limitaba hasta entonces al este con Mallorca, intuye que aquella es una tierra interesante y con buen clima. Como Santander.

—Ah, Malinas —dice Ada sin que nadie le pregunte, como si no pudiera evitarlo, como si tuviera la certeza de que ninguno de los allí presentes va a contradecirla—. Es una ciudad diminuta que visité un par de veces cuando estudiaba. Estamos a mitad de camino. —La doctora traduce simultáneamente a un conductor que no para de asentir y de mirar a Adler a través del retrovisor.

Kilómetros al norte se adentran en el terreno de Antwerpen, como llaman a la ciudad los belgas. Bordean la ribera este del Escalda (*Schelde*), de una profundidad que permite la navegación de buques mercantes, y dejan atrás el barrio de Zuid, uno de los más de moda del lugar. Huele a humedad, a historia y a diamantes. A dinero. Es una urbe más mediterránea que belga, uno de esos lugares inolvidables. A poca distancia la catedral Saint-Andries, erigida en honor a Nuestra Señora de Amberes, se distingue grandiosa, a pesar de que está empezando a oscurecer. El río, que hace rato dejó atrás su cuna francesa, discurre en dirección al mar del Norte, conjunta bien con la arquitectura mezcla de plazas y residencias Art Nouveau y construcciones de estilo bizantino.

—La historia dice que el término «*Antwerpen*» proviene de la leyenda del centurión Silvio Bravo. El gigante Druon Antigoon habitaba el río y cobraba un peaje a los barcos...

—¿Te puedes callar dos minutos, Adler? Sé que esto te divierte, pero no deja de ser trabajo de campo.

—Pagado de tu bolsillo, ¿no? Así que disfruta, porque a mí me da que me traes al mejor hotel de la ciudad. Espero que no sea porque quieras... —Llegados a este punto, la experta en Goya parece que se lo piensa dos veces, porque interrumpe la frase. Entretanto se alisa la coleta.

Observando a través de las ventanas del taxi, uno se da cuenta de que el camino está sembrado de pancartas con un retrato de un Van Dyck adolescente y pelirrojo, con la nariz imperfecta y la mirada de futuro genio. ÂGES VAN DYCK, 5/05/2016-23/10/2016 anuncian los carteles.

Cuarenta minutos y cien euros después de haber pisado suelo belga y tras ser testigo del abrazo de despedida entre Adler y Bader, el taxista, el policía y la estudiosa llegan como una pareja más al Hilton Antwerp Old Town, el mejor hotel que Vera había podido encontrar por internet. «Solo las vistas desde la azotea, con la catedral de Nuestra Señora presidiéndolo todo y la fabulosa escultura dedicada a Rubens en la Groenplaats o plaza de Amberes merecen un viaje romántico en compañía de su pareja», rezaba la publicidad de la agencia. Un párrafo como aquel había sido suficiente para dejarse engatusar por la agencia de viajes online y venderle —justo cuando se dio cuenta de lo del cuadro de Van Dyck— esa Europa en formato de lujo.

—El hotel albergaba el gran bazar de la ciudad.
—Palabras que ella ignora, mientras admira la fachada sobriamente cincelada y con un restaurante a sus pies, la Brasserie Flo Antwerp, cuyo techo es de hierro forjado. La construcción extraordinaria exhibe un cartel que anuncia la exposición cubriendo por completo una de las paredes del edificio.

—Buenas tardes, tenemos una *suite* de dos dormitorios...
La respuesta de Ada no se hace esperar un ins-

tante. Y habla jugando de nuevo con su pelo, con ese encanto tan suyo. Con esa mala leche.

—*Bon après-midi, nous avons réservé une chambre au nom de Vera, mais nous avons changé d'avis et nous voulons deux vue de dessus de la rivière.**

Bernardo se da cuenta de que ella ha cambiado los planes; que la *suite* se ha convertido en dos habitaciones de repente y que la tarifa, aunque eso esté lejos de ser lo importante, se ha incrementado considerablemente. Ada ganaría de largo en un concurso de frialdad a cualquier cubitera desbordada de hielo que se le pusiera delante. Y el inspector no puede evitar sonreír. Ni de encontrar ridículo el gesto de autodefensa.

—¿Adler? ¿Qué tal tu habitación?

—Fantástica. Las vistas son increíbles. Gracias.

—¿Nos vemos a las ocho para la cena? Me he estado informando y, además de la *brasserie* de abajo, tenemos aquí al lado uno de los restaurantes de moda del momento. Vamos, si te apetece probar la cocina de autor.

* «Ayer reservamos una habitación a nombre de Vera, pero hemos cambiado de opinión y querríamos dos con vistas al río.»

—Hemos quedado mañana temprano con Gustav y no quiero que lleguemos tarde. Además, tenemos un avión que coger después. Buenas noches, Ber.
—Y esgrime lo de «Ber» a modo de bálsamo contra la sobredosis de aspereza que le aplica. La caricia en el pelo que se les da a los idiotas para hacerles entender que las cosas nunca salen como uno espera delante de ciertas mujeres.

Algo está a punto de quebrarse.

—Buenas noches. Descansa, preciosa.

—Lo mismo digo.

—¿Ber? —El sonido del teléfono casi lo tira de la cama.

—Adler, son las tres de la mañana.

—Lo sé. No puedo dormir. ¿Te apetece un café?

El personal les sugiere que se acomoden en el salón principal del hotel, una magnífica e impersonal estancia iluminada por una lámpara colosal fabricada con cientos de diminutos cristales Swarorski. Les ofrecen prepararles una cena fría allí, donde el calor residual de la calefacción, ya apagada, continúa templando el espacio. Las luces confieren al lugar un aire de salón de baile vienés de hace cien años. Sin embargo, ellos prefieren el *lobby* de decoración minimalista y no obstante acogedor. El jersey ancho de ella la protege del frío. Él se ha dejado el abrigo en la habitación, y para cuando piensa en subir ya no le apetece hacer el esfuerzo. Ha bajado con unos pantalones grises y una camiseta blanca también de algodón, que marca sus brazos fuertes y un tórax ancho. El conjunto resalta la cicatriz de su cara.

Piden dos cafés americanos. Adler no lleva tabaco encima y está más pensativa que de costumbre. Más en su mundo que otras veces. De pronto dice:

—Ber —su tono es cálido, justo tras dar el primer sorbo al café—, deberías saber algunas cosas sobre Gustav Klimt. La primera es que está loco, pero en el sentido amable del término, ¿entiendes? —de momento no entendía—, y que si lo está es por varias razones, aunque en honor a la verdad la mayoría de los... actos que se le atribuyen son pura leyenda, o eso parece. —Por primera vez desde hace horas sonríe, acurrucada en un sillón de terciopelo—. Es evidente que no se llama así; es un apodo que se pone para hacerse el interesante y todo eso. Cada año elije un sobrenombre diferente. El anterior era Robert Campin. —Y Vera recuerda el nombre de haberlo visto cuando trataba de descifrar el rompecabezas que el asesino les había dejado—. Nadie sabe el porqué de tanto cambio, tal vez sea para crear su propia leyenda. Tonterías suyas: tampoco es que sea un personaje tan boyante en la sociedad amberina como para que alguien se moleste en tratar de averiguar su identidad real. —Hace una pausa—. No se sabe dónde nació, solo que ha vivido en los lugares más increíbles del Viejo Mundo. Ciudades maravillosas como esta —dibuja un semicírculo con los antebrazos desnudos—, constantemente rodeado de todo tipo de maravillas. Hay quienes aseguran que desciende de una familia que se exilió de Noruega a Perú hace más de un siglo, justo tras la Guerra del Pacífico, y que sus antepasados amasaron una fortuna en Lima con el tráfico ilegal de copias de cuadros... Bah, yo opino que es una máscara más, ¿comprendes? —Y el policía comprende más de lo que ella pueda imaginarse—. Es tan esnob que cada noviembre organiza en su palacete una fiesta tan exclusiva como secreta durante la cual anuncia el que será su nombre para el año siguiente. Cada vez da una explicación más ridícula: sobre Klimt dijo que era porque admiraba esa frase suya. ¿Cómo era? Ah, sí: «Estoy convencido de que no soy una persona especialmente interesante.» Qué chorrada, ¿no? —Pues sí, era una gilipollez alucinante—. Yo solía asistir a esas cenas porque... me divertían. El ambiente distinguido, los cuencos con caviar iraní... Ya sabes —Pues no, no sabía—. Cuando uno es joven... —Titubea—. Quiero decir, tú lo eres aunque no sepa tu edad; calculo que tendrás unos treinta y bastantes o cuarenta. —El inspector permence en silencio.

»Cuando uno es joven encuentra en la superficialidad cierta provocación. Y hubo una temporada en la que me interesé por ese hombre más de lo que lo hago ahora. Lo cierto es que a todos nos cuesta resistirnos al morbo. —Y acompaña sus palabras con una mirada intensa que recorre a Vera de arriba abajo, de forma casi animal, como si sintiera una curiosidad genuina—. Eso es lo que importa, el teatro. La del siglo XXI es sin duda la civilización del espectáculo. —Ahora habla parafraseando a algún erudito francés más que enterrado—. Es lo único capaz de marcar a fuego la sonrisa de vividor que tenéis... —otra vez esa mirada— algunos. Como una marca. Una versión de uno mismo diseñada para ser compartida.

»Gustav vive con una mujer, una actriz belga conocida en las altas esferas del cine europeo independiente. Bellísima —y es la primera vez que el inspector oye de los labios de la doctora esa palabra tan bonita—, con los ojos como aguamarinas, el pelo azabache y una sonrisa lánguida bordándole en la cara un desprecio mudo hacia el resto de la especie. Es interesante. Te encantaría. —Eso sí que pilla a Vera desprevenido—. Los chismosos dicen, y que conste que a mí no me gustan esos comentarios, que nuestro Klimt tiene un problema no exactamente sexual, sino de género. Digamos que...

—Sé lo que es el hermafroditismo.

—Da igual. El hecho es que no es capaz de sentirse identificado con lo femenino ni con lo masculino. Yo le llamo «Mi Talismán». Durante una etapa de mi vida su forma de ser me sedujo. Trabamos enseguida una amistad intensa. Pasamos unas tardes geniales de invierno jugando al ajedrez, cuando él vivía en la asombrosa Génova; estuvimos una Navidad en el lago Lemán, en Suiza, en la zona en que los Shelley y Byron se contaban historias de terror. Hicimos juntos un viaje, aquel verano de 2009. —Y su recuerdo regresa al momento exacto—: pasamos unos días explorando la apasionante Jordania y profundizando en nosotros mismos. Con él descubrí cosas, Ber.

—No quiero saberlas.

—No seas borde.

—No sabes por qué no quiero saberlas.

—A lo mejor lo intuyo. —Por fin un descanso—. Hace dos años que Gustav vive aquí con la actriz. Porque ha tenido la suerte, porque el noventa por ciento es suerte y solo el diez restante talento, de que le nombren director del Museo de Bellas Artes de Amberes. Y ahora comisario de la exposición *Las edades de Van Dyck*. Ah, no te preocupes, habla es-

pañol perfectamente. Por lo de Perú y todo eso, supongo.

—No estaba preocupado. Pareces una buena tra-
ductora.

Entre ellos se crea un silencio que es como una
madeja de hilo inmensa que se deshace entre los dedos, como si al mirarlo se pudiera atravesar la com-
plejidad del tejido, la finura de la fibra quemándote
los dedos. Así ellos se adivinan entre lo que dicen y
lo que callan, imaginando algo en el otro que lo atrae
y lo previene al mismo tiempo.

—Bueno, Adler: ya le hemos dado un buen repaso al señor Klimt. Él no me importa un bledo, pero
gracias por la información. Solo quiero —entrelaza
las manos apretándose los nudillos— tener *Los desposorios místicos de Santa Catalina* frente a mí.
Frente a nosotros. Estudiar el lienzo para ver si suena la flauta de una vez por todas.

—¿Por qué haces todo esto?

—Si jugamos al *quid pro quo* te lo digo con todas
las letras.

Entonces se produce la magia entre ellos: se miran y se ríen como si hubieran decidido dejarse de máscaras, de secretos. Como si estuvieran iniciando algo que es más fuerte que ellos. Y parecen más jóvenes, más libres para ser ellos mismos. Sin miedo.

—Cena conmigo cuando volvamos a España, Ber. —Ella le estudia hasta las pestañas, con esa curiosidad tan hermosa y tan suya—. Tengo sueño. —Ahora el jarro de agua fría—. Buenas noches. —Y al pasar por su lado roza con la yema de los dedos el hombro derecho del inspector. No recuerda si alguna vez le habían tocado de manera más sensual.

Encuentran a Gustav Klimt en su despacho, situado en una de las esquinas de la que fuera la casa-taller de Peter Paul Rubens durante sus últimos veintinueve años de vida, la Rubenshuis. Está ensimismado en sus historias y Vera cree entrever en esa cabeza inclinada la de un alma huidiza. Su postura recuerda a la de un chiquillo que descubre con entusiasmo su colección de cromos y también a la de un hombre adulto absorto en la contemplación de su paraíso. La estancia, rodeada de un jardín diseñado por el pintor hacía más de tres siglos, es una de las que conforman el Rubenianum, un centro dedicado en exclusiva a Rubens.

El de Klimt es un estudio precioso con las estanterías llenas a rebosar del tipo de libros que no se ven en las tiendas. Son volúmenes grandes y de altura idéntica encuadernados en piel de color kiwi. Detrás de Gustav, presidiendo el espacio, cuelga el retrato de un anciano ataviado como hacía muchísimas generaciones que ya nadie vestía: calzones ajustados hasta media pierna, chaleco y casaca de largos faldones y con el cuello alto.

—¿Le gusta, señor Vera? —La *rara avis* desvía la vista de su trabajo. Parece haberle leído el pensamiento al montañés, que rememora una secuencia de *Indiana Jones*; él es Indy y Klimt, el bibliotecario de turno—. No nos han presentado, aunque Ada me ha hablado de usted. Hablamos con frecuencia. Carece de peso artístico; bueno, ¡ella sí! Es un bombón.

—El erudito se hace el pícaro, pero hay un aire afeminado en sus maneras—. Claro que usted tampoco está nada mal. —El comentario coge al policía con cara de haberle tocado una pareja de treses y estar pensando si echarse un farol. Menos mal que el otro cambia de tercio enseguida—. A lo que vamos, ese cuadro que ve no tiene valor pictórico, ¡ninguno, si le soy sincero! Y es curioso, porque la gente lo mira como si fuera... ¿A usted nunca le ha pasado? Una obra que uno intuye que es mundialmente conocida, de esas que has estudiado en el instituto y cuyo título tienes en la punta de la lengua. —Su español es impoluto—. Verá, el que posa es un hombre de edad avanzada y con rasgos demasiado... ¿humanos? —Klimt se encoge de hombros— para la escuela y el período que se le atribuyen. El análisis formal concluye que es de mediados del XVII y que resulta imposible esclarecer si se trata o no de un autorretrato. —Ahora puntea el aire con los dedos, arrancándole compases a un piano imaginario—. A pesar de las incógnitas se sabe quién era el modelo: un familiar mío apellidado... ¿Qué importa? Un pariente. —Una sonrisa entre nerviosa y divertida le arruga las patas de gallo y se las hace más profundas, a modo de cortes de sierra. Gustav Klimt aparenta veinte años más que Adler y entonces Vera se acuerda de las palabras de la doctora cuando decía que en cuanto le conociese lo entendería todo. Lo reconoce, es un personaje especial. Sus rasgos, su complexión, son ambigüos. La serenidad se deja sentir en sus facciones: el recato que a lo masculino le falta. Y no tiene pinta de que le vayan especialmente las mujeres, aunque sea capaz de admirar su belleza, como con esa actriz belga. O con Ada.

A lo lejos un reloj da las diez.
—¡Mi Talismán! —Ella, que se había quedado ensimismada con unos bajorrelieves, les pilla por sor-

presa. Y corre hacia Gustav y le levanta de la silla, sosteniéndole en el aire. El estudioso apenas mide metro sesenta y poco y Ada es cinco centímetros más alta. La escena es tierna y cómica por momentos: los piececitos de él se agitan en el aire de puro gozo al tiempo que ella le llena la frente y los mofletes de besos, y más tarde la nariz, igual que si fuera un niño. Ella posa por un instante sus labios en los de Klimt con el cuidado que se le prodigaría a un bebé. Y el inspector lo tiene claro: es el beso con menos morbo que ha visto en su vida. Es imposible que Gustav y ella... Entretanto, ambos sonríen con los ojos llenos de lágrimas y hacen dudar a Vera de si lloran de emoción o si están rememorando una broma privada.

—¿Vamos? —El trío se sube al impresionante Porsche Panamera color champán que Gustav tiene aparcado a cincuenta metros de la Rubenshuis. Y el policía recuerda cuánto ha detestado siempre esos coches. Los que parecen querer ser una prolongación del «estatus» de uno.

El Museo de Bellas Artes de Amberes o KMSKA es un espacio muy cercano al río y a unos tres kilómetros de la casa-taller de Rubens. Está construido en piedra y la entrada la adornan columnas corintias y dos diosas de la Victoria guiando cada una un carro tirado por dos caballos que coronan los extremos de la fachada principal. La fuente de la entrada o *Diepe Fontein* es un manantial rectangular ornamentado con motivos vegetales que crea la ilusión de abismo en el atrio de la pinacoteca a los pies de la escalinata de acceso al museo.

—El KMSKA —apostilla Klimt haciendo de guía mientras se apean del deportivo— reúne en su interior setecientos años de Historia del Arte. Las colecciones más antiguas datan del siglo XIV. Su reputación fue alimentada por un exalcalde de Antwerpen, Florent Joseph van Ertborn, que donó allá por 1840 más de ciento cuarenta obras a la institución. ¿Se hace a la idea, señor? —El doctor vuelve a estudiarle de arriba abajo—. Tener originales de grandes como Jan van Eyck y Van der Weyden en tu casa, y acabar regalándolos a tu ciudad.

—Qué patriota.

Acto seguido el grupo se dirige a los subterráneos del museo belga. El almacén del KSMKA es más pequeño que el del Prado, sí, pero aun así es un bosque de pinturas con al menos un centenar de obras firmadas por Van Dyck. Y Vera se sorprende de que a un tipo como aquel le otorguen semejante concesión, la de estar manejando una de las colecciones de mayor tonelaje de todos los tiempos. A lo largo y ancho de la vista se suceden un sinfín de óleos sin que aparezca nadie que los custodie. Bernardo Vera y Ada Adler se miran conteniendo el aire. Compartiendo un secreto.

Es entonces cuando Gustav Klimt desenrolla con idolatría la tela aterida que había permanecido, desde su salida de Madrid, guardada en un tubo.

—Se trata de una composición en la que Catalina de Alejandría, hija del siglo IV y famosa por su gran belleza, es representada en el momento de su unión, mística claro, con Cristo.

Y se le ve conmocionado cuando lee temblando la frase que, como suponía, les estaba esperando en el reverso de *Los desposorios*: una nota escrita con el mismo tamaño de letra y en igual formato y grosor de papel que los dos mensajes anteriores. Como si el asesino quisiera llamar su atención, jugar con ellos.

LA PINTURA PUEDE SER PARA LOS ILUSTRADOS
LO MISMO QUE LA ESCRITURA
PARA LOS QUE NO SABEN LEER

Bernardo Vera golpea con rabia desmedida la mesa sobre la que está el lienzo. Si todo aquello fuese una partida el cabrón que desde hacía ya un día tenía a Madrid en vilo iría muchos, muchísimos puntos por delante en el marcador. Y el policía presiente, con motivos más que sobrados, que no solo una batalla sino la guerra entera está a punto de perderse.

—Es una frase del papa Gregorio Magno, de finales del siglo VI. —Adler matiza convencida, aunque su tono trasluzca un nerviosismo creciente; como si ella también se estuviera dejando la piel en el asunto—. ¿Y el código? ¿Qué hacemos con esto? ¿Qué significa?

—Significa que el asesino se está riendo de nosotros.

20

Lo terrible en cuanto a Dios, es que no se
sabe nunca si es un truco del diablo.

JEAN ANOUILH

A Santiago Fonseca —cordobés formado en el
seminario de San Pelagio, junto a la mezquita-cate-
dral, y residente en Madrid desde que fuera ordena-
do sacerdote hacía cuarenta y cuatro años—, le corresponde oficiar la primera misa de ese jueves 5 de
mayo a las 9.00 h. Salvo por el alzacuellos, va vestido
de negro de pies a cabeza. Tiene el pelo canoso y
abundante. Unas cejas pobladas encuadran una mirada ausente, debido en parte a que está acostumbrado a ver y a escuchar mucho, y eso le da que pensar a cualquiera. Lleva puesto su abrigo de paño y el
maletín de siempre, que parece de profesor.

Sale con tiempo de su casa en el paseo de la Florida, un piso que comparte con Fernando Marina, el párroco de la cercana iglesia de la Virgen del Puerto. El lugar modesto y de dos habitaciones forma parte de un edificio que había sido construido hacía décadas sobre El horno de San Antonio, donde Fonseca compra el pan antes de subir a comer, tras las confesiones: «Una barra de candeal poco cocida, por favor.» Su gesto enérgico transmite las ganas de comenzar sus quehaceres y, de alguna manera difícil de precisar, el aspecto de alguien demasiado ambicioso para tratarse de un cura. Como es costumbre se santigua apenas pone un pie fuera del portal.

No le gusta el barrio, con ese aire decadente; quizá tenga que ver el hecho de haber sido antes sacerdote en pleno distrito de Salamanca, en la parroquia de Santa María del Monte Carmelo en la calle de Ayala. Allí todo era menos humilde y por eso el culto adquiría un cariz especial, una serie de matices que le hacían sentir, aunque fuera de un modo ilusorio, que poseía algún tipo de superioridad con respecto a sus feligreses. Ahora lleva tres años oficiando misa en la ermita de san Antonio de la Florida, y a pesar de haber alcanzado cierta popularidad por sus sermones amigables —con una retahíla de comentarios chispeantes carentes de maldad que hacían mirarse entre sí a los miembros de la congregación y asentir con sonrisa cómplice—, dentro de poco y con suerte le trasladarían de diócesis o le jubilarían. Santiago Fonseca tiene motivos para sentirse agradecido.

Camina doscientos metros, cruza a la altura del bar El abeto y va a parar a la acera de enfrente, enfilando con paso meditabundo en dirección a Casa Mingo, donde saluda a Gerardo, el encargado de poner todo a punto en el famoso restaurante en el que se puso a trabajar al terminar la mili: «Hace ya más años que las cucharas de palo, don Santiago.» Y por enésima vez Fonseca se da cuenta de que esa zona de la ciudad tan cercana a la que fuera la estación del Norte es un cúmulo pasado de moda de árboles y aceras desaliñadas y paralelas al río por las que la gente desfila con los ojos soldados al suelo y una ristra de comercios que conocieron clientelas y horas mejores. Con estos pensamientos pasa frente a la estatua de un Goya que, sentado y con la paleta de colores apoyada en el antebrazo izquierdo, reflexiona sobre Madrid mientras el olor a cloaca del Manzanares enrarece el ambiente.

Están a comienzos del mes de mayo, pero un frío incómodo aún hace mella en los huesos del viejo. En breve se instalará un calor perenne que sobrevivirá al verano y en un mes tendrán lugar las fiestas de San Antonio de Padua que culminarán el 13 de junio —aniversario de la muerte del santo—, momento de gran trajín en la ermita por la repartición del «pan de los pobres». Entonces las calles se verán salpicadas de luces, de aire de verbena y de chulapas y chulapos rememorando otros tiempos y otras circunstancias.

Fonseca es el encargado de abrir la antigua edificación, la ermita que permanece cerrada al culto, la Vieja. Y es que desde principios del siglo XX existe otra, la Nueva, que es la que acoge la celebración de la misa y que carece del carisma de su gemela. «El alma la conceden los años», sentencia el párroco cuando le preguntan. Y se admira con los magnolios del parque que cobijan ambas iglesias; tras el sueño invernal no dejan de parir flores blancas.

Día a día el andaluz había aprendido a saborear esa rutina, para él uno de los acontecimientos más transcendentes de la jornada. Y se imagina a sí mismo segundos después y a solas bajo la cúpula decorada por Goya hacía más de doscientos años, de pie ante la tumba del pintor que murió en Burdeos en abril de 1828, seguro que poco consciente de que el calendario arrastra hasta a los genios. Y que acabó enterrado de cuello para abajo bajo una de sus obras maestras: aquellos preciosos frescos que Santiago Fonseca está a punto de venerar de nuevo.

Con gesto automático localiza en su bolsillo las llaves de la Vieja, deseoso de otorgarse esos mereci-dos minutos para recrearse en *El milagro de san Antonio* y guiñarle el ojo a su figura favorita de la com-posición, un chiquillo que se encarama a la barandilla pintada y observa anonadado al santo llevar a cabo el prodigio. La labor del párroco consiste en encen-der las luces y comprobar que las cosas estén en or-den. Luciano, el encargado del sitio, llegaría ense-guida para abrir el recinto de cara al público. De momento ningún turista hace cola en la puerta, como ocurría sobre todo en verano; entonces circu-laba con fuerza la leyenda de que Goya, en algún lu-gar entre Francia y España había perdido no solo el alma, sino además la cabeza.

Solamente puede santiguarse. «*Requiescat in pace.*» Si bien era verdad que había visto mucho a lo largo de su vida, nunca había tenido que lidiar con esa cla-se de depravaciones: imágenes infernales para las que nadie habría estado jamás preparado.

Un dolor punzante le sacude en el pecho como

un huracán, pero conserva el pulso y las manos firmes. Con el sabor a bilis agriándole la boca coge su teléfono móvil. Se abstiene de gritar y marca el 112.

—¿Emergencias? ¿Policía? Hay una cabeza en mi iglesia.

Requiem aeternam dona ei Domine
et lux perpetua luceat ei.
Requiescat in pace.

21

Su larga carrera como policía le había enseñado que no había asesinos, sino personas que cometían asesinatos.

HENNING MANKELL

Madrid, jueves 5 de mayo de 2016

En una de las salas de reuniones de la comisaría Madrid-Retiro, a falta de quince minutos para que den las nueve, más de una docena de Nacionales de diversas unidades y rangos se reúne a la espera de instrucciones. La Operación Saturno empieza a ponerse muy fea, en especial para Antonio Gálvez, el comisario, que ha perdido por completo la compostura y camina de un lado a otro en un evidente estado de alarma. Su expresión de desconcierto y perplejidad se superpone a una piel quemada por el sol en la estación de esquí de turno donde el comisario, casi con toda seguridad, estaba pasando el puente.

Apura su café, mira el rotulador rojo y la pizarra inmaculada y, por un momento, se siente tentado de escribir con letras muy grandes: «Estoy bien jodido si no soluciono esto.» Hasta la fecha carecen de pistas de peso —unas huellas parciales imposibles de cotejar eran el equivalente a nada— y mucho menos de sospechosos a los que señalar con el dedo.

Vera está sentado en la segunda fila vestido de uniforme como todos a excepción del comisario, que aún lleva puesta la gabardina: por lo visto no se ha enterado de que en el interior no existe riesgo de lluvia, aunque «amenace tormenta». El inspector apostaría a que de un momento a otro dará un puñetazo en la mesa de madera contrachapada que tiene detrás, puesto que es de ese tipo de gente que al hablar en público no puede evitar sobreactuar. Una prueba evidente de su falta de seguridad, hasta cierto punto comprensible en días como este.

Alguien llama a la puerta entreabierta. A continuación, todos escuchan la voz atemorizada de un policía raso. Porque el comisario será buena gente, pero su mala leche es legendaria; eso lo sabe hasta el más ingenuo de los novatos. Es un hombre listo, que no inteligente, de los que pierden con frecuencia los papeles y gritan aparatosamente lanzando perdigones de saliva al aire o a la cara de su interlocutor. Cierto era que cuando el inspector llegó a Madrid, Gálvez se había mostrado amable con él, incluso muy predispuesto, insistiendo en ser él mismo quien le enseñara la comisaría, invitándole más tarde a una caña y a un pincho de una tortilla seca como una suela de zapato en el bar de al lado. Aunque, eso sí, sin dejar de susurrarle al oído tan pronto creyó que el inspector había bajado la guardia: «Si me tocas los huevos te deshago igual que a esta porquería de pincho.»

De aquel episodio lo único que sacó en claro Vera fue el motivo por el que sus compañeros le llamaban Señor Nenuco: a Gálvez le gustaba rociarse con colonia de bebé. Sin duda, un tipo duro.

—La prensa está aquí, comisario.

—Pues dígales de mi parte que se vayan al infierno y que, de momento, no haremos una declaración oficial explicando lo sucedido.

—Pero, comisario —la voz titubeante y teñida de miedo salva dificultosamente el vértigo que le da enfrentarse a la respuesta desproporcionada del comisario; el gallo se hace inevitable—, somos un servicio público y la gente necesita respuestas.

—¡Pues que se esperen! —El golpe suena rotundo, la mesa oscila porque hay que calzarla y Gálvez está de un humor de perros—. He de concretar cómo abordaremos el asunto con el Ministerio del Interior. Reconozco que tenemos a la ciudad en vilo desde hace setenta y dos horas. Es lo que hay. —Y el Señor Nenuco trata de suavizar el tono.

El descanso apenas dura lo suficiente para que el grupo comente lo sucedido. El zambombazo contra la mesa ha sido demasiado. «¿Este está loco, o qué?», parecen pensar todos.

—A ver: lo que ya conocemos y resumiremos rápidamente de la Operación Saturno, como se ha dado en llamar. —Y su mirada de sapo se queda fija en la de Bernardo Vera. Se aclara la garganta y el carraspeo suena impostado—. Inspector Vera, atendiendo al *breve informe* que me ha entregado, usted y su colega, el oficial Manuel Gil, fueron los primeros en recibir el aviso de que en el Museo del Prado se había encontrado un cadáver a eso de las 8.45 horas de la mañana del pasado lunes. Estaban patrullando a kilómetro y medio de allí cuando usted decide que porque sí, porque usted lo vale, que se va a encargar del tema aprovechando que le pilla a mano. Después congrega a todos los Nacionales que se le ocurren, a

Pepe López, el único forense de guardia aquel día, y nada más y nada menos que al juez Gascón, con la intención de inspeccionar, identificar y levantar el cuerpo o, mejor dicho, lo que queda de él. Y por si eso fuera poco, decide cerrar el perímetro del Prado a cal y canto, y, ya puestos, también el propio museo, el Jardín Botánico, el Museo Naval y el Ministerio de Sanidad, la Cuesta de Moyano y unos cuantos hoteles —Gálvez enumera con los dedos—; detiene a un ciudadano sin motivo, que además, ¡señores!, no es un cualquiera, qué va, sino el mismísimo director del Prado y... ¿cómo se dice? Acapara, eso es, acapara a una señorita, la doctora Ada Adler, que convierte en su ayudante, puesto que según la enrevesada lógica mental de nuestro amigo la chica le va a ser, permítame que lo lea «[...] de gran ayuda en la resolución del caso». Vamos, que si la tal Ada Adler y Raimundo Cabrera nos denuncian se nos caen hasta las muelas del juicio. Hasta aquí, todo medio bien. ¿Estamos?

Bernardo asiente sin inmutarse. Está más manso de lo que ahora debía de estar el Cantábrico a la altura de la Ensenada de Mataleñas.

—Y de ahí pasamos al forense Pepe, al que usted, repito y no me cansaré de hacerlo, llamó sin ponerme al corriente *absolutamente de nada*, que examina el cadáver que, según testigos y a la espera de que la Científica lo corrobore, parece pertenecer a un tal Estephan Morales y cuyo estado —el informe de López está impreso en Times New Roman; en su portada figura el número de expediente: Caso 654b—, y cito textualmente:

[...] es deplorable, con los ojos sacados de las órbitas probablemente con un machete y luego con una cuchara. Los brazos se seccionaron a diferentes alturas, el derecho a ras de hombro y el izquierdo a partir del codo; ninguno de los dos miembros amputados ha sido localizado. La cabeza fue desgajada del cuello con una guillotina: un corte preciso. Ambas, cabeza y arma, tampoco han aparecido. Ni el tórax ni las extremidades inferiores exhiben marcas de lucha, salvo por escasos arañazos aislados, pero muestran los signos típicos de haber estado sometidos a un estrés desmesurado: la anatomopatología evidencia la activación *pre mortem* del sistema norandrogénico y una liberación masiva de cortisona y glucocorticoides *post mortem*, lo que es indicativo de un dolor inhumano y persistente desde horas antes del deceso y hasta su acaecimiento. Todo esto sumado a la miopatía de captura presente en el corazón de la víctima, que no infarto, causada por la acción de la adrenalina, hormona que devasta al miocardio, fue sin duda la causa de la muerte; se trata del síndrome del corazón roto. De no haber sido este el motivo del fallecimiento lo habría sido la escisión cabeza-tronco. Ni las hemorragias internas ocasionadas por los golpes ni el arrancamiento de los miembros superiores pusieron, milagrosamente, en situación de muerte inminente a la presunta víctima E. M.

—Para quien no lo sepa, la miopatía de captura... —intenta aclarar Gil para conseguir su momento de gloria y la indulgencia del comisario.

—Para quien no lo sepa, que se lo pregunte a su médico o que lo busque en *Google*, Gil de los huevos. Todo esto nos suena a chino a todos, y si a ti te suena a castellano, felicidades y te callas. No pienses que por hacerme la pelota vas a ganar puntos conmigo. ¡Ah!, y si vuelves a interrumpirme te echo y no solo de la reunión. —Gil ahora está más blanco que las paredes de pladur de la sala—. ¿Estamos?

Vera puede ver que sobre la mesa hay una segunda carpeta. Tiene escrita la palabra «Confidencial» en rojo.

—Por otro lado, tenemos al menos un código que nadie se ha molestado en llevar a los de Criptografía. ¿Puedo saber por qué? —El silencio es total. Nadie parece atreverse a decir nada—. ¡Hostia! —Segundo mazazo a la mesa.

Entonces, un policía raso, Segundo Galán, reúne el valor para hacer una pregunta al comisario.

—¿Y ahora qué, comisario? —pregunta, libreta en mano. Se nota que tiene la lengua pastosa.

—Pues ahora lo que pasa es que tenemos un marrón de tres pares de narices y que quiero saber más cosas, Galán. Voy a resolver este crimen de una puñetera vez, pero me da que el hijo de perra del asesino no hace más que marear la perdiz con sus «jueguecitos» de casquería y sus «notitas» a pie de cuadros. ¡Si el muy cabrón quería darnos gato por liebre con lo de la copia del *Saturno*! De verdad, antes era más fácil. Los psicópatas no eran tan sofisticados.

Vuelven a llamar a la puerta, con más ímpetu que antes. Es la secretaria del comisario, Olivia, una mujer segura de sí misma y atractiva. Bien pasados los cuarenta, pero de aspecto soberbio. Sostiene un teléfono en la mano.

—Sé que ha pedido que no le molesten. Pero parece importante.

—Gracias, Olivia. —Y al volverse para salir de la sala, la falda lápiz ajustada y negra hasta las rodillas, la torera en rosa palo, tan calcada ella en chulería a su superior, este le hace un exhaustivo repaso visual—. Gracias. —Y es la primera y última vez en la reunión que sonríe a sus compañeros—. Soy el comisario. Sí... sí. Tranquilícese. ¿Cura? Entendido, padre Fonseca. ¿Una cabeza a la que le falta qué? ¿En su iglesia? ¿Sobre la tumba de quién me ha dicho? ¿Ermita de San Antonio? Sí, claro que sé dónde. No toque nada. Nos tendrá en diez minutos allí. Lamento... Lo lamento, padre.

Gálvez se toma una pausa y medita mientras se vuelve a llevar las manos a la cabeza, solo que en una actitud distinta. «Puede que estemos salvados», piensa. Pero continúa con su bronca al inspector.

—Vera, reconozco que no ha hecho un mal trabajo. Organizó todo debidamente, actuó rápido, le echó agallas. Pero un fallo más, algo que haga a mis espaldas o que no me encaje, cualquier cosa, y está fuera del caso. ¿Estamos?

Vera asiente aunque sin convicción, con gesto de indiferencia.

—Estamos, señor.

El comisario exhala profundamente, como si tratara de expulsar todo el humo de un cigarrillo imaginario.

—Señores, el párroco de la ermita de San Antonio de la Florida acaba de encontrarse una cabeza de hombre con las cuencas oculares vacías justo encima de la tumba de Goya. Como estamos pensando todos, puede que sea la de la víctima. El páter está muy nervioso y no me ha dicho más. Es posible que haya sonado la flauta y tengamos alguna pista en breve. Treviño, vaya junto a Gil y a Díaz en un coche. Muñoz y Tom, de la Científica, también en marcha. Ya saben, busquen pistas hasta bajo las piedras. ¡Ah! Por supuesto, exijo un reporte detallado, Treviño, más que el del vago de Vera. Quedaos con el número personal del inspector —Gálvez mira de reojo a Bernardo—, porque desde este momento y hasta que cometa una insensatez de las suyas es el encargado del caso y es a él a quien el cura o cualquier otro ser pensante con datos que aportar en este asunto tiene que acudir sea la hora que sea del día, de la noche o de la madrugada. ¿Estamos? —Solo le falta morderse los padrastros—. Vera, usted quédese conmigo.

—¿Un café? —El ritmo de las palabras del comisario suena igual que si se hubiese dejado algo en el tintero.

—No, gracias.

—Elena, otro bien cargado. Gracias. Que me lo traiga Olivia, mejor. —Amaga una sonrisa patética y se endereza para hablar—. Los del ARCA, ¿sabe quiénes son? —Vera asiente—, me han llamado a mi móvil a las seis de la mañana. Y me han tenido dos horas al teléfono. Son tipos duros, más estrictos con los procedimientos de lo que pueda uno imaginarse. Y no van a dudar en descabezarnos a todos como al Morales ese si no les damos nombre y apellidos del asesino. Para ser exactos, el cadáver se las trae al pairo, ¿comprende? Es el *Saturno* lo que les interesa. «Esperamos que nos desvele *ipso facto* la identidad del caballero que malogró la copia de *Saturno devorando a un hijo*», me han dicho. Incluso sabiendo que no era el original... Qué huevos. «Queremos interrogarle y aplicarle el castigo correspondiente.» —Gálvez parafrasea intentando emular el acento inglés—. Lo que estos quieren es un cabeza de turco, y aunque sean suposiciones mías me parece a mí que los tíos del ARCA utilizan métodos poco ortodoxos. Vamos, que me dijeron que lamentarían vernos suspendidos de nuestros puestos si no dan con lo que buscan, y todo esto, no se vaya usted a creer, en perfecto español, pero con un acentazo que apestaba a Estados Unidos desde el otro lado de la línea. Me asustan. No sé dónde se encuentran. Lo que sí sé es que nos dan cuarenta y ocho horas de margen. «Pasado ese tiempo tendremos que intervenir.» —La voz del comisario tiembla imitando a los tiparracos—. Y esa última frase me sonó a amenaza, Bernardo. —Nunca le había llamado por su nombre.

Vera se queda pensativo unos segundos. De haber sido otras las circunstancias, podría haber congeniado con aquel hombre con olor a bebé y mucha mala leche.

—Una cosa, señor. Había otra carpeta, ¿verdad? ¿Hay algo más, como responsable de la Operación Saturno, que deba saber?

—De eso justamente quería hablarle. Esto es confidencial, ¿estamos? —El inspector asiente y entretanto medita, y le viene a la memoria aquella sensación que tuvo de que algo no terminaba de encajar en el escenario.

Antonio Gálvez abre con el dramatismo esperable la carpeta gris, fingiendo ese carraspeo de garganta que cree que le otorga seriedad al personaje que se ha autoimpuesto. A continuación, lee:

En un primer examen visual de la víctima se aprecia que la hora de la muerte aconteció seis horas antes de que el cadáver fuera descubierto por una celadora del Prado. Este hecho junto al análisis de viabilidad espermática practicado *a posteriori* en el laboratorio nos permite afirmar con rotunda certeza que el deceso se produjo entre la 1.00 y las 2.00 de la madrugada del 2 de mayo. En base a estos datos todo apunta a que el asesinato se produjo en el mismo Museo del Prado y no en otro lugar.

—Estamos de mierda hasta el cuello. —Gálvez está desesperado—. No sé qué va a pasar, pero me lo apuesto todo a que el malnacido que ha organizado este circo de los horrores es un listo al que parece que le ponga despistarnos. Y ni siquiera sabemos por qué. —Y es lo último que el comisario dice antes de encerrarse en su despacho dando un portazo y sin despedirse.

22

La coquetería es una propuesta de sexo sin garantía.

MILAN KUNDERA

—Cena conmigo, Ber.
—¿Ya no me llamas inspector?
—No, si no me vas a detener.

23

Con la mayoría de las mujeres [...] los largos prolegómenos de cada seducción lo aburrían casi tanto como la posterior complicación del desenredo. Veía algo odioso en el patrón ineludible de cada aventura amorosa. [...] Y rehuía aún más la puesta en escena de cada uno de los actos de la obra: la fiesta en que se conocían, el restaurante, el taxi, el piso de él, el piso de ella, después el fin de semana juntos al mar, otra vez los pisos, luego las coartadas furtivas, y al final la desagradable despedida en algún umbral bajo la lluvia. Pero con Vesper todo sería distinto.

IAN FLEMING,
Casino Royale

Él propone el Asia Gallery, el restaurante oriental del Palace. No porque lo conozca: su vida social
en Madrid se reduce a poco más allá del coche patrulla y del bar El Brillante; a su piso en ronda de
Atocha y, en los últimos días, a la Sala 67 del Prado; el Madrid de la comisaría de Madrid-Retiro y
el del pub Manhattan. Tampoco come mucho en
asiáticos porque ni le convence la salsa agridulce,
ni le entusiasma el pato con ciruelas ni soporta el
pan de gambas. Pero su instinto le dice que un lugar de ese estilo puede ser del gusto de Ada, y lo
confirma tan pronto nota su sonrisa de aprobación
al otro lado de la línea —«¿De dónde has salido,
Ber?»— y entonces experimenta algo parecido a la
alegría.

Ada le propone cenar en un indio con seis mesi-
tas, el Curry Ópera, situado en uno de los laterales
de la plaza de la Ópera. Y él, que hasta entonces había odiado el curry porque es muy poco de especias,
que con una ración de anchoas y unas rabas habría
tenido bastante, se muestra satisfecho ante cada plato. Y le basta con una americana azul ligera y algo
más estrecha en la cintura, unos chinos beige y una
camisa azul marino para sentirse él mismo y además
vivo. Ilusionado.

Más que hablar, se miran. Adler le estudia sin pudor deteniéndose en su cicatriz para luego volver a empezar; a veces fija su atención en su barbilla y otras en el pelo. Esta noche la doctora parece la ninfa que inspira a Vera, con sus facciones sabiamente resaltadas con unos toques discretos de colorete. Se miran fijamente sosteniendo la mirada hasta que Ada vence al inspector, que siente cómo esa mujer le rompe los esquemas una y otra vez. Y aunque Bernardo Vera no aventure la mirada más al sur, porque no es de esos —no con ella— sabe que «el sur también existe», que diría Serrat.

Tampoco se entretienen con banalidades como el tiempo o la situación política. Está claro que a ella no le van la clase de interludios absurdos que salvan a unos recién conocidos del silencio. Qué va: se siente muy cómoda así, sin necesidad de llenar de palabras a cada vuelta de segundero. No hablan tampoco de la Operación Saturno, ni de Amberes, ni de lo borde que es ella a veces, de sus aristas frecuentes y punzantes.

Por su parte Bernardo omite decirle lo guapa que está: es demasiado obvio y poco original. Y no quiere ser uno más. Pero el color de sus labios y una blusa con las mangas muy cortas que dejan entrever la piel tostada de sus brazos en delicioso contraste con el color blanco de la tela, son más que suficientes para que Ada Adler se convierta a sus ojos en la mujer más guapa del Curry Ópera y de todos los rincones del mundo.

—¿De dónde has salido, Ber? —Y él nota cómo a la doctora le interesa saber más del hombre que se esconde tras el inspector de policía.

Ada no tiene que explicarle que vive a cincuenta metros de allí, justo al final de la calle, porque cenan en veinte minutos —en una mesa del fondo y frente a una botella de verdejo que vacían en un par de vasos que parecen salidos de la primera temporada de *Cuéntame*—; y toman pan de queso, cordero con salsa tandoori y arroz jazmín en un sofá excesivamente cómodo—. Y sin más comentarios que un «Vámonos de aquí» piden la cuenta y salen por la puerta decididos a tomarse «el postre» en otra parte.

Ada le conduce lentamente de la mano hacia la puerta, como si le hubiera puesto una venda en los ojos, para salir a una noche más templada de lo que Vera recordaba antes de haber entrado. La acera es diminuta, la fachada del Real se divisa imponente a escasos metros y él sigue rozándole suavemente la espalda. El tiempo se para justo cuando Ada se vuelve para lamer su cicatriz, y lo que él cree que prefiere hasta la fecha —nada de complicaciones, solo noches de olvidar— se difumina como si ella tuviera el poder de anular su voluntad.

Vera echa un breve vistazo al portal diminuto de un edificio anclado en algún punto del Madrid de hace unos doscientos años, con la fachada visiblemente agrietada en algunas zonas y deslucida en otras, así como a la puerta de entrada de la casa, que es igual de antigua pero con una cerradura nueva. Acto seguido, se deja llevar por la sonrisa blanquísima de Ada, que lo mira de reojo, mientras aspira su olor y trata de memorizarlo; y el inspector piensa en cuánto le gustaría recorrer su geografía. Tiene su cuello casi pegado a los labios: podría pasarse así todas las horas del mundo.

La salita del apartamento no es amplia —de unos quince metros, calcula— y apenas contiene adornos o muebles: un televisor de los que ya no se fabrican sobre una mesa abatible, un sofá con la piel cuarteada que en su día debió de resultar opulento y una estantería grande asfixiada de libros. No enciende las luces: a través de la ventana de triple hoja se cuela la luz de las farolas.

«Frena el carro, Vera...», se dice. Pero ya es tarde para eso.

En el dormitorio hay una cama con dosel. Todo es antiguo, hasta el escritorio que se adivina bajo una pila de papeles desordenados situado junto a una puerta que da a un balcón estrecho y sin flores. En un marco de plata se aprecia una fotografía muy deteriorada de una mujer joven, de una belleza que le resulta familiar, y que lee con altivez una carta.

Ella se desnuda sin prisa: primero la blusa, después las dos piezas de una ropa interior de encaje blanco que va revelando los muslos, las caderas y un pubis dulce, como un campo entero de fresas maduras, como un paraíso del que no parece posible regresar.

Dedica unos minutos a contemplarla, no con la intención de retrasar el placer, sino porque hay algo en ella y en cada una de sus curvas que sobrecoge a Vera. Como aquella vez que siendo niño en una visita con el colegio al Museo de Prehistoria y Arqueología de Cantabria se quedó absorto contemplando la belleza de una estatua de mármol que representaba a una mujer tumbada de espaldas con el pelo desbordando sus hombros y una expresión entre herida y triste. Como Ada.

Adelanta su mano hasta acariciar su piel. Se besan. Se demora en la boca deliciosa, en los labios que recorre a la velocidad adecuada; las lenguas húmedas se buscan, se entrelazan, revelan lo que ellos callan. Y Bernardo Vera a punto está de abandonarse al deseo cuando nota las manos de ella en su cinturón y, un segundo después, en todas sus cicatrices.

Entonces todo se precipita entre ellos. La respiración se acelera y el deseo se intensifica. La toma en sus brazos y la sujeta con fuerza contra una de las paredes de la habitación, las piernas de ella alrededor de su cintura, los dos atrapados en un ritmo que alterna el ímpetu con la caricia. Los pechos de ella magníficos y pequeños, dejan adivinar a Vera los pezones erizados contra su pecho. Toda su piel vibra cuando minutos más tarde él la tumba sobre la cama y se sitúa sobre ella y la penetra.

Por primera vez desde hace años Bernardo deja de pensar en faros, en navajazos que casi le cuestan la vida en Río de la Pila y en lo tremendamente fácil que es matar a un hombre en una pelea a cuello descubierto. Y se siente más vivo que nunca.

La noche deja paso al día sin que ninguno de los dos se deje vencer por el deseo del otro. La luz de la mañana se filtra a través de la persiana. Él susurra su nombre, «Ada», mientras lucha por sofocar un «Te quiero» que late con fuerza en su interior. Aún dentro de ella cae rendido entre sus brazos y así permanecen mientras un sueño profundo se apodera poco a poco de la conciencia de ambos.

24

El poder no corrompe; el poder desenmascara.

RUBÉN BLADES

Domingo, 1 de mayo de 2016. Un extranjero muy elegante, vestido con un traje mil rayas impoluto, con las gafas enmarcando una mirada interesante y misteriosa, se baja de un tren procedente de París, el *Francisco de Goya*, en la estación de Atocha, muy cerca del Museo del Prado. Le reciben tres hombres, el mozo de equipaje y los que parecen ser dos altos cargos de la estación, que intercambian con él apretones de manos faltos de firmeza y unas cuantas frases de cortesía. Aunque responde con corrección, el caballero mantiene las distancias. Con un leve gesto, da por concluida la bienvenida. Entretanto, algunos pasajeros y pasajeras le estudian desde sus compartimentos, como si estuvieran ante una inusual obra maestra. Como si se dieran cuenta de quién es Darío Andrónico en realidad: un individuo poco común.

El chófer, que ha llegado con tres minutos de retraso, se deshace en disculpas: «Algunas calles están cerradas por obras, *signore*.» Pero no hay nada que alguien tan poderoso como Darío Andrónico deteste más que la excusas.

Ambos suben a un Bentley negro último modelo que reluce aparcado en doble fila en la puerta principal de la estación de trenes; los más idiotas se hacen fotos a su lado.

—A la Casa del Marqués. —La orden es directa, firme.

—Enseguida.

Darío Andrónico muestra su desprecio por el conductor elevando la mampara que separa el espacio que ocupa el piloto de los largos y mullidos asientos del ilustre pasajero. El interior del coche huele a nuevo y está tapizado en cuero de color melocotón cosido a mano. A salvo de oídos indiscretos se decide a hacer una llamada. Hace una eternidad que no estaba nervioso.

—*Venire?* —El silencio se alarga, y a Andrónico se le antoja que es como el intervalo durante el que una copa se le escurre a uno de las manos y el momento en que estalla en mil pedazos contra el suelo.

—Te he preparado una sorpresa muy especial. Mira detrás del lienzo.

El coche atraviesa el señorial Paseo del Prado tras circunvalar la Glorieta de Carlos V. Ante el Museo del Prado, que permanece imperturbable al paso del tiempo —con la perspectiva adecuada uno podría vislumbrar a un Juan de Villanueva, el arquitecto responsable de su construcción, orgulloso frente a su obra acabada—, Darío Andrónico no puede evitar esbozar una sonrisa de triunfo. «Pare un momento aquí», ordena al chófer y, a través de la ventanilla del coche, se deleita durante unos minutos en la edificación, desmenuzando con la vista las paredes sobrias. En silencio, se felicita al pensar en todo lo que ha conseguido extirpar a las entrañas de la pinacoteca.

De nuevo en marcha, se percata de lo mucho que echaba de menos en Venecia el ronroneo de un motor de más de quinientos caballos. Dejan atrás la estatua de la diosa Cibeles, que sobre un carro tirado por dos leones mira a Andrónico de soslayo como sabiéndose despechada. Pasan también ante la Puerta de Alcalá, absolutamente imponente. Entonces el Bentley gira a la izquierda para recorrer un buen tramo de la calle Velázquez.

A través de los cristales ahumados atisba ahora la Casa del Marqués, majestuosa y excesiva —1.350 m^2 edificados sobre un solar de 8.000—, pero sobre todo solitaria, como un recuerdo en sepia que muy pocos guardan en la memoria. Lo primero que llama la atención es el inmenso jardín que precede a una de las perspectivas del edificio de tres plantas, cuyo estilo arquitectónico hace que parezca mucho más antiguo de lo que realmente es.

Para acceder a la entrada de la finca el coche tiene que atravesar primero la calle de Juan Bravo, punto desde el que se hace visible la mansión —la instantánea de su fachada principal— y después llegar a la esquina de la calle Lagasca, donde aguarda una puerta metálica a modo de entrada adornada con columnas jónicas y coronada por el emblema M.A «Marqués de Amboage», susurra Andrónico.

Y el chófer sabe de sobra que la Casa del Marqués es terreno vedado para él y para casi todos. Un paraíso aparentemente diseñado solo para un alma. En sus quince años de servicio al *signore* nunca había llevado a nadie más allí salvo a la esposa de su jefe, y siempre que había pasado por delante de aquella residencia parecía abandonada. O habitada por fantasmas. Por eso, al abrir a Andrónico la puerta del Bentley con gesto de profundo respeto, escucha de su boca las mismas palabras que ya le ha oído pronunciar en anteriores ocasiones.

—Yo me encargaré de las maletas, déjelas aquí.
—*Il capo* nota cómo se le desboca el pulso.

Una vez a solas, el magnate se saca la llave del bolsillo interior del traje sintiendo el tacto frío del llavero en los dedos. Apura el gesto. El corazón le palpita. Con la emoción de siempre, quizás esta vez más exacerbada, atraviesa los primeros metros del terreno —los que desembocarán en el pabellón de la entrada— y siente lo más parecido a un latigazo recorriéndole el cuerpo: la antesala de la contemplación de la belleza en estado puro. Apenas es consciente del sonido del tráfico: aunque a sus espaldas Madrid siga bailando a su propio ritmo, para él la ciudad ha enmudecido. A ambos lados del sendero que conduce a la puerta principal sesenta pasos más adelante, los madroños, los cipreses y los pinos, todos descuidados, afean los exteriores de la casa. Muchos de los troncos están podridos y algunas ramas descansan en el suelo. Y es que Darío Andrónico, que es más que consciente de que el pilar de su fortuna es su discreción, quiere preservar al máximo los secretos que se ocultan bajo el suelo de la primera planta, en el sótano. A pesar de sus reservas, piensa que su cómplice bien podría haberle dado algo de color al lugar —algo de brillo, tal vez—. Pero sabe a ciencia cierta que no es del tipo de persona a la que le gusta mancharse las manos. O al menos no con este tipo de asuntos...

Echa un vistazo a los ornamentos de los muros exteriores y atraviesa con emoción el amplio *hall* tripartito con columnas de mármol pulido y capiteles de bronce. No puede evitar pensar en cómo sería todo aquello en 1917, el año en que finalizaron las obras de construcción del palacete, mucho antes de que él naciese en aquel miserable lugar del sur de Italia. Imagina la admiración personificada en la cara de don Fernando Pla Peñalver, el primer propietario del lugar —y II marqués de Amboage— al ver el salón terminado y el arranque de la soberbia escalera con peldaños de mármol y barandilla de hierro forjado y bronce bajo la luz que se filtra a través de la gran vidriera del techo.

El sótano del ala este de la Casa del Marqués debería esconder un secreto más desde hace pocas horas, el más ansiado por un hombre de desmedida codicia que está a pocos minutos de darse cuenta de que el poder no sirve para detener la sed de venganza de otro ser humano porque no hay dinero ni honores que la satisfagan.

Más con prudencia que con solemnidad, baja los escalones y se da cuenta, con una mezcla de nostalgia y de rabia al constatar que algunas cosas seguirían resultando imposibles, que su cómplice sí se ha molestado en mimar esa parte de la casa. El suelo brilla como un espejo y los escasísimos muebles siguen en perfecto estado, limpios de polvo y todavía con ese inocente y falso olor a vida.

Al fondo de la estancia y a un metro sobre el suelo una tela grande cubre algo: el relieve de una pintura enmarcada, ni grande ni pequeña. Y otra vez Andrónico experimenta cómo la excitación recorre cada poro de su cuerpo, por lo general imperturbable. Con las lágrimas empañando su mirada descubre el cuadro y tan solo encuentra un lienzo en blanco. Ahora la sorpresa y un enorme desconcierto son los que mueven los hilos. ¿Dónde demonios está *Saturno devorando a un hijo*?

Trata de conservar la calma, y poco a poco recuerda: «Te he preparado una sorpresa muy especial, mira detrás del lienzo.» Sus manos tiemblan, tantea en el claroscuro de la sala la parte de atrás del cuadro, toca la nota pegada a él. Será lo último que Darío Andrónico leerá en su vida.

EN EL MUSEO DEL PRADO A LAS 10.00 H.

25

Todos los bosques son poderosos, algunos son temibles por profundos, por misteriosos, otros por oscuros y siniestros.

Dolores Redondo

—¿El inspector Vera? Soy Santiago Fonseca, el párroco de la ermita de San Antonio de la Florida. Me dieron su tarjeta unos compañeros suyos esta mañana.

—Ah, sí. Hola, padre, buenas noches. Déjeme que le transmita en nombre del Cuerpo de Policía nuestras más sinceras disculpas por haber puesto patas arriba su iglesia. —El inspector no cree que sea casualidad la llamada de un cura a medianoche; más bien la situación le produce cierta inquietud—. Lamentamos mucho que haya tenido que pasar por algo tan desagradable, ver un, una...

—No se preocupe. —El hombre parece relajado, como si al otro lado de la línea no hubiera más que un septuagenario en pijama tomando un chocolate caliente—. He visto cosas peores, o, más bien, me he asomado a otro tipo de horrores. Digamos que trato con otra clase de situaciones difíciles. —Con una mano Vera sostiene el móvil; con la otra acaricia las mejillas y el pelo suelto de Ada, quien, sentada a su lado en el sofá de casa de ella, sostiene una lata de Mahou y un cigarro desnuda de cintura para arriba. Han comenzado a compartir una clase de intimidad distinta, una contra la que ambos intentan luchar con escaso éxito—. Me gustaría comentarle algo —casi susurra Fonseca con tono de preocupación.

—¿De qué se trata, padre? —Ada le hace gestos intentando saber con quién habla, lo que hace que el inspector pierda el hilo por unos segundos. Que los pechos de ella resulten magníficos tampoco ayuda mucho.

—¿Sabe? Es tarde, no quisiera entretenerle. Es solo que... algo ha cambiado.

—¿Cree que le siguen? ¿Ha notado algo extraño en su casa, alguna señal de que hayan forzado la puerta? ¿Una nota de un desconocido? Porque si es así en diez minutos le pongo a dos compañeros en el portal de su casa vigilando toda la noche, le doy mi palabra.

—Verdaderamente quiere proteger a ese hombre—. Nadie va a hacerle daño: se lo garantizo.

—No es eso, señor Vera.

—Bernardo.

—Pues no es eso, Bernardo.

—Entonces, ¿está asustado?

—Todos lo estamos, hijo.

—Dígame, por favor, en qué puedo ayudarle. —Su tono no es de impaciencia aunque le parece mal estar hablando con un sacerdote en esas condiciones. Porque tiene unas ganas tremendas de hacer el amor con Ada.

Habían quedado al terminar sus clases en la Complutense. Tomaron un café rápido en la cantina de la facultad y después fueron a casa de ella. Entonces todo fue más rápido todavía.

Por un momento Vera no sabe si la comunicación se ha cortado. Pero a los pocos segundos se oye una respiración pausada, como si Fonseca quisiese transcribir un pensamiento con el ritmo de cada inspiración.

—¿Podría venir a verme mañana? Sobre las once. Supongo que... que tengo que enseñarle algo. No le entretendré mucho. Venga hasta la puerta de la nueva ermita y entre en mi despacho. —Vera espera que la confirmación por su parte haya resultado audible, y justo antes de colgar escucha una especie de antigua letanía que el padre susurra para sus adentros y que no identifica como latín. Y se queda pensativo.

—¿Qué haces hablando con un cura a estas horas? —Le pregunta Adler intrigada. Apenas han comentado qué tal les ha ido el día. Tenían demasiadas ganas el uno del otro.

—Ah, esta mañana han encontrado la cabeza de nuestra víctima en la iglesia de... Era el párroco, al parecer hay algo que le preocupa y quiere que nos veamos mañana. Todo este asunto resulta cada vez más complicado... Y más siniestro. —Y como si no quisiera dedicar más tiempo a pensar en ello, atrae a su ninfa hacia a él, la abraza con fuerza y minutos después el tiempo desaparece.

Sin embargo, Ada no conseguirá pegar ojo esa noche.

26

No hace falta conocer el peligro para tener miedo; de hecho, los peligros desconoci-
dos son los que inspiran más temor.

ALEJANDRO DUMAS

Basilea, 9 de julio de 1878

Alessandra Octavia Abad abandona Basilea en el
tren que la llevará a París con el corazón en un puño.
El jefe de la estación acaba de tocar el silbato y las
tripas del convoy rugen entonces largamente.

El cielo está nublado y casi puede intuirse la noche. La ciudad sueca es hermosa incluso vista a través de la lente del cúmulo de sentimientos que ahora
mismo se anclan a Alessandra con furia.

Desde uno de los vagones de segunda clase la señora Abad esconde parcialmente su tristeza refugiándose en la capelina de seda que lleva puesta. A punto está de ponerse a llorar. Su destino, la maldita Exposición Universal que desde mayo se celebra en la ciudad francesa y que está convirtiendo a la urbe en el centro del mundo por unos meses. «Es curioso —piensa para sí misma no sin cierta ironía—, que ahora todos digan que sea lo que sea lo que se quiera conseguir, el lugar para lograrlo es París.» Desde los artistas que conoce y que han hecho de la capital de Francia su sueño, hasta los hombres de negocios, o la simple gente de a pie: la ciudad está en boca de todos. Pero a Alessandra le ocurre justo lo contrario: el paraíso que parece ser París se está transformando en un infierno para ella. Experimenta una curiosa y dolorosa mezcla de desengaño, ira y miedo. También algo de pena, pero sobre todo, y a pesar de las circunstancias, mucho amor.

Hace apenas tres días que ha dejado Venecia, y cuando se despidió de su marido y de sus hijos tuvo un terrible presagio: la certeza de que aquella sería la última vez que los abrazaría, su adiós definitivo a la casa de Cannaregio que tanto quería. Quizá por eso, tras besar al señor Da Sosta largamente en la mejilla

—en un gesto propio de unos compañeros de vida que dejaron de sentir pasión hace ya demasiado— se paró a contemplar, más incluso de lo que ya solía hacerlo, los dos bocetos que atesoraba de Goya con una especie de resentimiento. Como si tantos años con todos sus sentidos puestos en el pintor español hubieran acabado por transmutar su admiración en sufrimiento.

No le apetece nada todo aquello. El encuentro que tendrá lugar en unos días con Emile d'Erlanger, el alemán con el que mantiene correspondencia desde hace unas semanas, se traduce en una suerte de tierra inhóspita en la que por instinto se resiste a acercarse. Pero la decisión ya está tomada: la decimoquinta «pintura negra» no será una excepción y está dispuesta a todo por poder sumarla a los demás originales que ya posee. Los mismos que descansan ahora a salvo de las garras de cualquiera que no sea su propia familia, en las entrañas de una pequeña casa en la isla de Murano.

Le resulta imposible contener el llanto por más tiempo. Los dos caballeros del asiento de enfrente no pueden evitar reparar en sus lágrimas. Uno de ellos le ofrece cortés un pañuelo; en los ojos del otro advierte el gesto que conoce tan bien y que por costumbre ha aprendido a detestar, el mismo tipo de mueca que seguramente pondrá el barón al verla: esa forma lasciva de adivinar su clavícula, de aventurarse con el pensamiento más allá del escote de su vestido, por más que muestre recato en su forma de vestir.

Se lleva la mano a la limosnera confeccionada en terciopelo negro y la abre. Saca la carta que ya ha leído tantas veces, la misma que recibió hace apenas un mes de Salvador. La culpable de ese viaje que la atenaza los nervios. La letra de él, y lo que esa letra encierra, todo ese rencor de parte de un hombre al que apenas reconoce en sus palabras. Aún no puede concebir semejante traición, aunque por alguna razón que a ella misma se le escapa, entiende más de lo que quisiera al que había sido mucho más que su amante.

Madrid, 1 de mayo de 1878

Querida,

He entregado el original de *El ángel negro* —sí, has leído bien— a nuestro amigo, a «tu amigo» Emile. Al parecer tiene pensado hacer una venta estrella con todas las *Pinturas negras* en la Exposición Universal que se inaugura hoy en París.

Espero no trastocar mucho tus planes. Conociendo el efecto que causas en los hombres sé que no te costará mucho convencerle de que te legue la pintura maldita. Por mi parte, me he cansado de participar de esta trama perversa. Mi corazón no lo resiste más.

Te ruego me borres de tu memoria para siempre.

Te quiso,

SALVADOR

Casi hace añicos la carta. Pero respira, se lo piensa mejor, y la dobla con cuidado. Sabe que no es solo rabia lo que se apodera de ella. Otra lágrima que asoma.

27

Un gran hombre no vive París. Posee París.

KNUT HAMSUN

París, 12 de julio de 1878

El recién inaugurado palacio de Trocadero corona la ribera norte del Sena con sus torres imponentes, exhibiéndose majestuoso sobre el estanque de la entrada. Los rayos de sol se filtran por las vidrieras bizantinas confiriendo a la fachada un aire alegre, oriental y exótico, como sacado de un cuento de *Las mil y una noches*. Se celebra la III Feria Universal.

La perspectiva desde allí es impresionante: París es una fiesta y esta quita el aliento. Hacía dos meses que había comenzado la Exposición Universal y Francia estaba espléndida ese mes de julio, celebrando por todo lo alto su recuperación tras la aplastante derrota sufrida en la guerra contra Prusia.

Emile d'Erlanger, banquero alemán de cuarenta y seis años, cónsul, *bon vivant* y hombre de negocios, camina pausadamente, tratando de dominar su corazón y dándoles la espalda al estanque y al edificio. Se pasa la mano por el cabello recortado con pulcritud para comprobar que su peinado sigue impoluto —un gesto que da pistas sobre su carácter obsesivo—. Acostumbrado al clima algo diferente de Londres, siente calor a pesar de ser aún las diez. A su alrededor la multitud parisina admira fascinada las docenas de pabellones instalados bajo el lema «Agriculture, Art, Industrie» mientras disfruta de los colores que regala la ciudad. Cualquiera estaría de acuerdo: aquel es el lugar más hermoso del mundo.

D'Erlanger tiene la mandíbula tensa. Está nervioso. Viste levita negra y camisa blanca, chaleco de piqué marfil y pantalones sin pinzas. Con la protección que le ofrece el sombrero de copa curiosea hasta donde le permite la vista, como si fuera la primera vez que observa el Campo de Marte desplegarse inmenso frente a sus ojos pequeños y oscuros. Lo cierto es que ha paseado cientos de veces por el lugar. Sin ir más lejos, ocho años atrás, justo antes de la guerra, cuando todavía vivía allí y no en Picadilly junto a Marguérite, su segunda y bonita esposa norteamericana. Antes de atravesar el Pont d'Iéna da una vuelta por Quai de Passy y repasa la situación. Echa un vistazo a su reloj de bolsillo: las 10.16 horas. Quedan pocos minutos para el encuentro.

Unos días antes había dejado el gran baúl con los quince lienzos, que había preparado personalmente antes de embarcarse en el viaje que le trasladaría a la Europa continental, en su *suite* del Hôtel de Crillon, un edificio con aire aristocrático situado al pie de los Campos Elíseos y gemelo de otro, separados ambos por la Rue Royale. La estructura sobria conservaba imponente su presencia a pesar de descansar sobre sus cimientos más de un siglo de historia. El lugar era conocido en París por ser frecuentado por la alta sociedad europea. Contaban que hasta la mismísima María Antonieta había recibido clases de música allí; ironías del destino: la acabaron guillotinando justo enfrente.

Por su parte él se sentía feliz cenando a solas en el restaurante de mármol del hotel Les Ambassadeurs. Entre la abultada cava de vinos había excelentes títulos, como el Château Lafite Rothschild que había degustado la noche anterior.

Lo reconocía: su *suite* contaba con las mejores vistas de todo el VIII distrito. Por un lado, unos ventanales enormes invitaban a dejarse cautivar por las maravillosas vistas de la plaza de la Concordia; en la pared opuesta, el amplio balcón interior cedía paso a la desacostumbrada instantánea de un invernadero en el que abundaban las mariposas. La *Morpho menelaus* —un ejemplar de azules imposibles con las alas perfiladas en negro— era su favorita. Los techos altos de su dormitorio estaban adornados con frisos de querubines y vírgenes, y la disposición de los suntuosos muebles, entre los que destacaba un piano de patas de caoba, junto a la elegante curvatura que describía la moqueta en cada uno de los márgenes del suelo hacían de la estancia un delicioso palacio.

Aquellas quince pinturas... En el transcurso de una visita en 1873 a Madrid, D'Erlanger había rescatado unos murales pintados por Francisco de Goya, pintor de la corte de Carlos IV, de su casona madrileña, la Quinta del Sordo. Enseguida supo que allí había algo valioso, por lo que compró la construcción a Luis Rodolfo Caumont, un hombre que obviamente no entendía de los beneficios que puede otorgar el arte si se sabe valorar en su justo precio.

La del Sordo había sido la última casa de Goya en España antes de su exilio a Burdeos a consecuencia de la restauración de la monarquía absolutista de Fernando VII en España: la ideología liberal del artista le hizo temer represalias. Cuatro años atrás, Emile había conseguido que las composiciones, literalmente dibujadas en las paredes, fueran paulatinamente trasladadas a lienzo por el señor Salvador Martínez Cubells, un hombre con cierto talento para la pintura y mucho para la restauración, además de figura importante del Museo Nacional de Pintura y Escultura de Madrid. Había sido un proyecto extremadamente laborioso que se vería muy pronto recompensado. Porque, si bien era verdad que en el Louvre D'Erlanger no había conseguido vender las pinturas, estaba convencido de que en los salones de la Exposición Universal las cosas iban a ·ser de otro modo.

Y gracias precisamente a Goya ella había entrado recientemente, y de modo totalmente imprevisto, en su vida. Tenían un amigo en común, según afirmaba en la primera de las cartas que la misteriosa dama le había enviado hacía apenas un par de meses. Emile se había sorprendido al encontrar el sello con la figura de Víctor Amadeo II de Saboya y una caligrafía tan femenina entre su aburrida correspondencia *«To the attention of Frédéric Emile baron d'Erlanger, 139 Pi-*

cadilly, city of London».* En el papel, de una calidad fuera de lo común, figuraba a modo de marca de agua el León de San Marcos. Le sedujo el atrevimiento.

Venecia, 15 de mayo de 1878

Estimado barón,

Perdone mi atrevimiento al dirigirme a usted sin usted conocer nada sobre mí. Mi nombre es Alessandra Octavia Abad y tuve el placer de coincidir con lord Tyler hace unos años en la Embajada española ante la Santa Sede en Roma, en la Piazza di Spagna. Él no tardó en hablarme, con la admiración propia de un amigo de su gusto por la ópera —tengo el honor de conocer al señor Verdi en persona— y de su colección privada de arte, entre la que me confesó que figura uno de los retratos que el pintor realizó a la familia Godoy, lo que captó poderosamente mi atención: soy una gran admiradora del genial artista español [...].

[...] Mi amistad con lord Tyler me ha llevado a saber que usted ha concluido, gracias a la pericia de un español, la tarea de pasar de revoco a lienzo

* «A la atención de Frédéric Emile baron d'Erlanger, 139 Picadilly, ciudad de Londres.»

las *Pinturas negras* de Goya, sobre las que tan poco sabemos aquí. Tengo entendido que tiene previsto exponerlas en la Exposición Universal que se celebra estos días en París [...].

Aparte de los datos que iba recabando a través de las pocas cartas que le envió la misteriosa dama, no sabía nada de aquella mujer ni del tipo de relación que podría mantener con un ser tan repugnante como Tyler. De ella únicamente conocía su nombre, que era una veneciana descendiente de españoles por vía materna y que su marido, Ernesto da Sosta, era un marchante siciliano junto al que había conseguido hacerse un hueco en el complicado mundo del arte. El matrimonio acaparaba la atención de las jóvenes promesas de la Academia de Bellas Artes de Parma y de otros lugares del Reino de Italia y organizaba un concurso, Paradisi di Venezia, con el fin de hacer de mecenas de los finalistas, consiguiéndoles a estos representantes de mucha influencia. De esta forma y a través de las obras vendidas, los Da Sosta se llevaban una comisión. Aunque Emile dudaba del éxito de su empresa ella se empeñaba en presentarse ante el mundo como una especialista en dar en el momento justo con las personas adecuadas.

El interés de Alessandra Abad por Goya era obsesivo. La historia se remontaba a los años de juventud del maestro en Roma: Goya había recorrido la mitad norte de la península italiana allá por 1770. Pepe Abad, pintor y tatarabuelo de Alessandra, había trabado cierta amistad con él, quien, como signo de camaradería, le había regalado un par de dibujos autografiados: el bosquejo de un paisaje para un lienzo posterior y el retrato de una mujer joven con el pelo recogido y una túnica larga, obras que la madre de Alessandra, Pepa Abad, había dejado a su hija en testamento: «Los dibujos lucen enmarcados en una de las paredes de nuestra casa veneciana en Cannaregio.»

La señora Da Sosta aseguraba sentir una profundísima admiración —él hablaría de idolatría— hacia la obra de un artista que, si bien no había gozado de excesivo reconocimiento en vida, tenía el don de plasmar magistralmente la realidad de su época.

Busca en el bolsillo del pantalón y relee la última carta, escrita esta vez en francés. En ella se puede leer: «*Vous vois sur le pont d'Iéna à dix heures et demie du matin du douze Juillet.*»*

* «Nos vemos sobre el puente de Iéna a las diez y media de la mañana del 12 de julio.»

Venecia, 1 de julio de 1878

Mi muy estimado barón,

De nuevo nos encontramos por carta, aunque pronto lo haremos en persona. Usted sabe mejor que nadie cuánto me atraen esos cuadros. Por favor, cuente conmigo a la hora de adjudicarles dueño en la venta. ¡Son unas pinturas tan especiales! No sabe lo mucho que agradezco que el destino haya cruzado nuestros caminos.

Suya,

ALESSANDRA OCTAVIA ABAD

Y al final del puente de Iéna la encuentra, con la sonrisa más exquisita de toda Francia —aunque con las horas sabría que aquella sonrisa era capaz de adquirir muchos otros matices—. Es más guapa de lo que había imaginado, más de lo que conviene, incluso más bella de lo que le había contado lord Tyler aquella noche en el Reform Club. Tiene los ojos azules, como esos mares profundos en los que un hombre podría naufragar durante décadas.

Y entonces Emile d'Erlanger se da cuenta de hasta qué punto acaba de complicarse su vida.

28

A veces queremos lo que queremos, aunque sepamos que nos matará.

DONNA TARTT

—No sé si será importante, pero prefiero decírselo. —El padre Fonseca mastica cabizbajo cada palabra. Sus manos delgadas se arrugan en torno a los nudillos. En el pulgar derecho lleva un anillo ancho de oro labrado. Mira a Vera más allá de sus gafas de cristales gruesos, solo de vez en cuando y de refilón, como si fuera un funcionario repasando sus notas para corroborar la declaración de un ciudadano.

El despacho parroquial se encuentra en el ala derecha de la nueva ermita. Está precedido por un pasillo largo con otra estancia en el lateral derecho, justo al lado de la entrada. Los muebles, comidos por la carcoma, descansan igual que caballeros embalsamados hace siglos, tranquilos e impolutos. Son feos: «de batalla», piensa Vera.

Hacía años que no entraba en el despacho de un cura. La primera vez tenía dieciséis años. Pasó largas jornadas en el del padre Olmo, aún más oscuro que este, mientras le preparaba para la confirmación. En las ciudades pequeñas como Santander —y sobre todo en la década de los ochenta— lo correcto era estar del lado de Dios. La segunda vez tuvo lugar más tarde, cuando más ilusionado y también más ingenuo entró para concretar la fecha de boda con una mujer con la que nunca se casaría, porque tardó solo un mes en reemplazarle por otro más listo o más rico, o seguramente ambas cosas. Poco importaba ahora.

Las paredes están llenas de libros; parecen tomos antiguos, de esos forrados en cuero que se consiguen únicamente en librerías religiosas, o en alguna de viejo. Tras el escritorio un ventanal grande con un par de macetas vacías de cerámica pintada en azul y blanco apenas deja pasar la luz. Está claro que para el sacerdote la primavera ni siquiera ha llegado. Por contra, el jardín de fuera está poblado de magnolios, y en pleno mayo y con ese color profundo del cielo le parece al inspector que estar en aquella ermita es estar como en una cárcel. Que las iglesias son celdas que aíslan a uno del mundo. O eso, o que está demasiado filosófico esa mañana. O Ada.

Un par de perros ladran tras una puerta cerrada de cristales opacos.

—*Tito* y *Bus*, mis dos perrillos. Pointers. —A Fonseca la voz se le endulza repentinamente, como si tuviera mil historias en la punta de la lengua. Puede que en otro momento.

La mañana es fresca y la calefacción, tenue, reconforta. Vera había encontrado una cafetería enfrente: dos cortados en vasos de plástico, cuatro sobres de azúcar y un par de sacarina. Casi siempre se acierta con los cortados. Fonseca asiente.

—Inspector.

—Bernardo, por favor.

—Bernardo, desde que soy párroco aquí y todas las tardes sin excepción al acabar la última misa..., digamos que sobre las ocho, o las nueve en verano...

—El hombre parece nervioso pero decidido a continuar—... El caso es que todos los días se me acercaba un hombre. Sus saludos se convirtieron para mí en rutina. No tenía pinta de loco, al menos no como los locos que estamos acostumbrados a relacionar con la locura, no sé si me explico —el cántabro asiente—; más bien parecía perdido. Hablé de él unas cuantas veces con los chicos de Asuntos Sociales, porque al principio me preocupó que viviera en la calle. No es que fuera desaliñado, pero siempre andaba por ahí con el mismo aire de no saber exactamente lo que hacía o dónde estaba. Los del Ayuntamiento me confirmaron que el hombre tenía casa y familia. Se había prejubilado y todo apuntaba a que gozaba de una situación económica estable. En varias ocasiones le animé a entrar en la iglesia o a dar un paseo conmigo mientras se confesaba. Por desgracia nuestros diálogos, bueno, más bien sus monólogos, nunca dieron lugar a un acercamiento real entre nosotros. Es como si le costase establecer una relación normal con el mundo. Llegué a pensar que quizá sufriera una especie de autismo. Lo sorprendente del asunto es que todos los días durante tres años el hombre siempre me preguntaba lo mismo: «¿Dónde está *El ángel negro*?»

—¿*El ángel negro*? —Vera mira al padre fijamente.

—¿Qué sabe de Goya, Bernardo?

Entonces le viene a la mente Ada y sus clases de arte, los libros de su casa y lo mucho que parece sentir por el pintor en cuestión. Porque, al parecer, se puede establecer un vínculo especial con un fantasma de casi dos siglos, después de haber elegido su obra como tema de la tesis. Y que fuera tan importante en la vida de Ada bien merecía el viaje a la ermita de San Antonio de la Florida y tomarse la investigación como algo personal —porque lo de Estephan le importaba, pero de modo muy distinto—. Por eso también se pasaba horas buscando información en internet sobre las pinturas, vida, obra y milagros de un artista que, en opinión de Vera, una opinión que parecía empezar a confundirse con los celos, fue solo un pintor sordo viviendo con su querida en Francia por miedo a su propia patria. Porque a lo mejor era muy de hombre de ciudad pequeña hacer todas esas cosas por una mujer ni demasiado guapa, ni perfecta ni dulce, y a lo mejor ni de su estilo, pero que olía a fresas y que era tan alucinante y atractiva que lograba borrarlo todo, el tiempo de los navajazos, de las cicatrices y el parpadeo de las luces del faro al que ya no volvería. Y aunque se le pusiera cara de gilipollas cada vez que la veía y tuviera que resignarse a sus ojos fríos, sentía que Ada era especial.

—Desde hace días todos me preguntan lo mismo. No sé más de lo que uno aprende en el instituto cuando tiene la cabeza en otras cosas; o sea, poco más que nada. Las Majas, *Los fusilamientos*, que murió en Burdeos y que era maño. Que pintaba fantásticamente y que al final y antes de abandonar España seguramente se volviese loco, y que por eso dejó las paredes de su casa llenas de unas pinturas propias de un cuento de terror. Aunque dadas las circunstancias —Vera repasa por un momento sus encuentros con Adler—, estoy haciendo un curso acelerado sobre el tema.

—Ya me imagino. Debe de resultar traumático, aunque sea policía, enfrentarse a ese tipo de cosas. Sus compañeros me explicaron los detalles del caso. Pobre hombre, que Dios le tenga en Su Seno. —Fonseca se santigua mirando más allá de todo.

—Sí, es tremendo. Un asesinato tan macabro, como un crimen ritual o una venganza muy estudiada. O las dos cosas, quién sabe. Cuesta imaginar que exista alguien capaz de algo así. —El cura medita. Cruza las manos y su aspecto se vuelve de nuevo esquivo. Y quizá, piensa Vera, quiere contarle algo más pero no termina de decidirse.

—¿Qué sabe de las *Pinturas negras*?

—Aparte de que tenemos una partida en dos —el policía se abstiene de dar datos aún no filtrados a la prensa sobre la Operación Saturno; información como que el cuadro original estaba a salvo—, poco más. Como le he dicho, sé que las pintó Goya antes de exiliarse. Él vivía en una casa no lejos de aquí, ¿verdad? De dos plantas y a orillas del Manzanares. Se dedicó a pintar literalmente sobre los muros de su hogar: según se entraba —Vera gesticula— uno se daba de bruces con el *Saturno*; imagínese el pasmo que supondría eso para las visitas. La construcción fue derribada hará cien años, pero antes pasó por muchas manos. Al parecer, un tal Cubells se encargó de trasladar las composiciones a lienzo por encargo de un banquero que tenía intención de subastarlas. También sé que alguien las fotografió por aquel entonces. El hecho, y esto es *Wikipedia* pura, así que corríjame si me equivoco —Fonseca hace un ademán con la mano animándole a continuar—, es que existe cierta controversia en torno a si Cubells se pasó demasiado con los retoques, porque el proceso de traspasar la pintura a la tela debió de ser muy complicado. Y ya se sabe, uno se deja en el muro incrustado un ojo de Saturno y de alguna manera tiene que arreglarlo. Y sé que, aunque me parezcan horribles —el sacerdote esboza una leve sonrisa—, son catorce y muy valiosas. —Y Bernardo Vera recuerda lo que le había dicho Ada sobre otra pintura, pero decide guardarse esa carta.

—Seguramente sean quince, hijo.

—¿Cómo dice? No estoy al tanto de esa parte de

la historia. —Vera presiente que no se ha equivocado al seguir su instinto y guardarse cierta información.

—Ni usted ni casi nadie. —Nota cierto pesar en su voz—. En cuanto me hice párroco de este lugar comencé a interesarme por Goya. Está enterrado aquí mismo. —Santiago Fonseca señala la edificación gemela—. Eso y los preciosos frescos de la cúpula de la antigua ermita me llevaron hasta el Prado. Como seguro ya sabe, se trata del pintor más representado en el museo. Y sentí curiosidad. Ya había estado allí otras veces, claro, pero nunca me había llamado la atención su obra. Reconozco su valor, pero yo era más de la escuela italiana. Por aquel entonces me tropecé en la cuesta de Moyano con un libro de Gómez de la Serna, el de *Las Greguerías*.

—Vera asiente, aunque le suena tan vagamente el título que no sabe si es un escritor de hace diez o doscientos años—. Una edición de los años cuarenta. —Eso limitaba las cosas—. Las páginas estaban descosidas por todas partes y olía mucho a humedad. Para mí fue todo un descubrimiento. Aquel ensayo hablaba de un Goya íntimo que desconocía, enamorado y poético, patético en cierto modo: un hombre más, con sus problemas y sus miserias. Luego leí las biografías de Robert Hughes y de Lion Feuchtwanger y asistí a las visitas guiadas del Prado, cada vez más intensas. Después centré mi atención en monografías puramente académicas, honestamente, todas sobre las *Pinturas negras*, puesto que lo que más me atraía era esa etapa de la vida de un ser desesperado, un anciano casi, que ve los desastres de la guerra y las miserias de la vida, y que ya no puede más. —Fonseca agacha la cabeza y su mirada se llena de emoción, como si algo le conectara a otro nivel con el pintor—. Un día, leyendo el resumen de la tesis de un tal Pepe Gisbert, descubrí la hipótesis en torno a la existencia de una decimoquinta pintura. Gisbert sostenía que la obra, que había sido pasada a lienzo por Cubells junto al resto, habría permanecido en los almacenes del Prado hasta 1936.

El inspector se toma un momento para elegir bien las palabras: no quiere parecer descortés.

—Suena algo conspiranoico, ¿no cree?

—Quizá. Pero lo que a lo mejor no sabe, Bernardo, es que durante la Guerra Civil española gran parte de las obras del museo fueron trasladadas a Suiza, concretamente a Ginebra. Allí pasaron unos meses hasta que las cosas se calmaron en España. Y antes de retornar aquí esas pinturas hicieron otras dos paradas: Valencia y Cataluña.

—Si fuera verdad lo de la decimoquinta pintura, ¿por qué Laurent no la fotografió como al resto?

—Ahí es donde entra en juego la teoría de Gisbert. Él sostenía que ciertas personas hicieron que los negativos de la composición número quince desaparecieran como por arte de magia. —El padre chasquea los dedos; parece un poco sobreactuado, pero Vera sigue escuchando: quiere saber adónde le llevará—. No obstante, hay dos fuentes independientes que hablan de una obra firmada por Goya y obtenida mediante la misma técnica que usó Cubells para arrancar las *Pinturas negras* de los muros de la Quinta. Una de las referencias es antigua, de 1878, y se trata de un inventario de la Exposición Universal que tuvo lugar ese año en París. La otra es de los años cincuenta, de un doctorado realizado por un italiano. Pepe Gisbert se basaba en ambos estudios y en pruebas documentales supuestamente reunidas por él mismo para apoyar su tesis. Por desgracia, tanto el italiano como el doctor Gisbert se esfumaron. Como si se les hubiese tragado la tierra.

—¿Y adónde nos conduce todo esto, padre?

—Quizás a que la pintura fantasma —Fonseca entrecomilla con los dedos— se llama *El ángel negro*.

—Pero eso es un poco siniestro, ¿no? Si lo que pretende insinuar es que ese tipo que mencionaba antes ha estado preguntando por una pintura de Goya perdida en la guerra, no parece que su testimonio se pueda considerar muy fiable.

—Es posible. Pero ¿sabe? El hombre dejó de venir justo el día en que encontraron ustedes el cadáver. El 2 de mayo, ¿no es así? —Vera asiente más por educación que por interés.

—Será que se ha hartado o asustado. Solo por curiosidad, ¿es posible que haya notado una disminución significativa en el número de feligreses? No todos los días se entera uno de que en su parroquia han encontrado una cabeza a la que le faltan los ojos. —El inspector no quiere ser cínico, solo honesto.

—Ya. El caso es que el tipo que merodeaba por la iglesia era Pepe Gisbert, sí, el mismo hombre de la tesis. Y aquí viene lo importante: se suicidó hace dos noches. Descubrí que fue una figura controvertida, hará treinta y cinco años, en la Universidad Complutense. Es curioso, ¿no le parece? Ayer tarde vino su viuda, justo antes de que le llamara a usted, y me dio esto. Pensé que sería mejor que lo viera con sus propios ojos.

El padre Fonseca pone sobre la mesa un libro de imprenta de barrio con las tapas duras y marrones. En la primera página puede leerse: «Gisbert Rodríguez, J. (1973). Impresiones sobre la decimoquinta pintura de la Quinta del Sordo de Goya (tesis doctoral). Universidad Complutense de Madrid, Madrid, España.»

29

En el arte como en el amor, basta con el instinto.

ANATOLE FRANCE

El mirador del Museo Thyssen se había convertido en los últimos tiempos en un local de moda que las guías de la ciudad ponían por las nubes. Un cambio de chef y una carta nueva ofrecían una experiencia gastronómica diferente que nadie en la ciudad parecía querer perderse. Tampoco Ada, que ha convencido a Bernardo, poco aficionado a ese tipo de ambientes, para que cenen allí.

Esta noche Ada parece extrañamente eufórica, como con ganas de celebrar. Viste de rojo, un color que llena de fuego su mirada. El traje se ciñe a su cuerpo dejando escaso margen a la imaginación no solo de Bernardo sino de todos los allí presentes. Y por si eso no fuera suficiente, completa el *look* con unos *stilettos* de color *nude* que estilizan aún más sus sensuales piernas y elevan sus caderas haciéndola si cabe aún más deseable. Lleva un bolso pequeño, como si aquella noche le sobrara todo.

Entra en la sala acompañando su paso firme de un balanceo sensual similar al de aquel baile al que se entregó en cuerpo, alma y con un par de Bloody Marys de más unas cuantas noches antes. Sin embargo, su actitud resulta aún más provocativa. Bernardo no sale de su asombro. Es la primera vez que la ve exhibirse en público de una forma tan abierta.

Sentados en una de las mejores mesas del restaurante él fija la mirada en su boca del mismo rojo salvaje del vestido. Y Vera se da cuenta en ese instante de que por mucho que hubiera intentado resistirse le hubiera resultado imposible no enamorarse de una mujer como la que ahora está sentada frente a él. No ceder a su piel suave o a esos pechos perfectos cuyo perfil ni se esfuerza en disimular luciendo así el profundo escote del sensual modelo. Incluso puede adivinar los tirantes de su sujetador dependiendo de su postura, lo que le lleva a preguntarse si ella trata de provocarlo o se trata tan solo de un descuido inocente. Parece distinta, eso es seguro.

—¿Estás bien? —conforme habla se arrepiente de sus palabras. La instantánea es demasiado soberbia como para censurarla.

Todo el mundo los mira, y él sería capaz de todo con tal de poder alargar la escena y seguir así, mirándola fijamente a los ojos, mientras hace un vano intento de no sonreír para mostrar su vanidad satisfecha. Hacía escasos minutos había entrado en la sala tras ella, estudiando su espalda y haciendo inventario de sus lunares, admirado por la entereza con la que los hombres —algunos muy bien acompañados— hacían serios esfuerzos por volver su atención a un *risotto* con gambas de Denia o un exquisito solomillo al punto: huyendo de un multiverso en el que Ada Adler era una desconocida; una diosa anónima, hermosa e imponente. Él no hubiera podido hacerlo.

—¿Te gusta? —A Bernardo le estorban las palabras porque se miran con la intensidad habitual, pero esta vez intuye que las reglas del juego han cambiado. Aun así, reconoce que el *carpaccio* de carabineros con tartar de atún rojo está delicioso y los tragos de *200 Monges* invitan a la conversación.

—¿Te gusta a ti? —Le lanza una mirada perversa pero elegante.

Bernardo se pregunta cómo consigue Ada ejercer semejante efecto en él, una especie de hechizo que le hace cuestionarse su mundo, que en ese segundo se reduce a los iris de su preciosa acompañante. Y le viene a la cabeza el recuerdo de ellos dos desnudos —él acabando sobre ella, detrás de ella, bajo ella, dos, tres, cuatro veces al día—, a pesar de que no hace más de una semana que se conocen. Y le asombra más que ninguna otra cosa, todavía más que un cadáver descuartizado —que aparece un día de la nada en un museo y sobre el que no existen pistas sólidas—, la habilidad con la que ella consigue dar las clases con ese aire intelectual suyo que roza la pedantería, con esa disciplina férrea tan autoimpuesta; cómo oscila entre la mujer maravilla y el aire esnob que se gasta tras unas gafas de ver de cerca ridículamente grandes para su cara delgada; cómo puede estar así de impresionante tras haber empezado ese mismo día ataviada con un pijama del Pato Donald dos tallas por encima de la suya y soltando un eructo tras un atracón de helado de plátano; en resumen, cómo es posible que se mueva de alfa a omega y de omega a alfa, de ser una funcionaria corriente y moliente a ser la mujer más deseable que ha conocido tan intensamente y sin necesidad de pasos previos. Lo reconoce: le tiene completamente atrapado entre sus redes.

El inspector se concentra en sus pómulos, en sus labios y en sus dientes blanquísimos. En los primeros y exultantes centímetros del vestido rojo, en las clavículas angulosas y en el cuello que tanto le gusta lamerle, y nota una erección suave. Es en ese momento cuando él pide la cuenta, saciado de todo menos de ella. Ada trata de apurar su copa, pero él la toma de la mano con firmeza y toda la terraza los mira de nuevo mientras desaparecen, dejando atrás la envidia de los que permanecen en sus mesas. Y por primera vez, y ya en la puerta del Thyssen, ella se ruboriza. Y la sensación de calor en sus mejillas trasciende sus ojos, yendo más allá del suave temblor de sus manos porque quizás, a pesar de todo el cebo empleado, no se esperaba terminar siendo el cazador cazado. Y siente que quiere aprovechar el semáforo de la esquina de la plaza de las Cortes, que comienza a parpadear, y acelera un paso que él se encarga de contener cogiéndola de la cintura. La doctora respira con fuerza conforme Vera se acerca y la huele sin prisa. Los dos están bañados en sudor.

Ya en el Paseo del Prado cruzan a la acera de enfrente y atraviesan la rambla de acacias, dejando atrás una fuente de Apolo que los observa expectante. Poco a poco bajan el ritmo, caminan más despacio hasta detenerse.

Apoyados en la parte trasera de la estatua de Velázquez y de espaldas a la puerta de un museo con las cicatrices frescas del crimen que había sucedido entre sus paredes, Vera acaricia los brazos de Adler y observa cómo su piel se eriza apenas la toca. Entonces la mira como si la fuera a atravesar para besar después su cuello, acariciando su piel con sus labios suavemente, como si estuviera explorando un territorio que busca conquistar. Pone las manos en sus caderas y dirige su movimiento hasta girarla por completo, dejándola enfrentada al bloque de bronce de espaldas a él mientras confirma por enésima vez lo mucho que le atraen sus muslos. Apenas levanta la tela de su vestido para acariciar sus nalgas tibias y húmedas, hasta alcanzar su sexo perfecto que trata de memorizar deslizando sus dedos por cada uno de sus relieves.

Desde algún lugar que ahora no reconocen se escucha un reloj dar la hora. Un tañido de campana suena en mitad de la noche justo cuando él aumenta el ritmo y sujeta con fuerza sus muñecas mientras ella gime liberando el placer que le hace sentir tenerle muy dentro, estar tan cerca de las paredes de la sala donde dejaron el cuerpo hecho pedazos, la pintura hecha pedazos, para terminar alcanzando un éxtasis que le quema por dentro y la deja, también a ella, hecha pedazos en los brazos de Vera, el único hombre junto al que podría permanecer atada así toda la vida.

Y entonces sabe que el final está próximo.

30

Cada suicidio es un sublime poema de melancolía.

HONORÉ DE BALZAC

París, 13 de julio de 1878

Lo que parecía ser el cuerpo de Alessandra Abad aparece flotando boca abajo en el Sena de madrugada. Sus restos se esparcen en el río como grandes piezas de carnada, todos en el margen derecho de la isla de San Luis y mezclados con un lienzo hecho trizas en cuyos pedazos se intuye la figura de un ángel negro.

La labor de recogida del cadáver y de la pintura culmina después del amanecer, a las seis de la mañana del 13 de julio de 1878: tres horas después de que una pareja de borrachos avisara a los gendarmes. Las redes de pescador fueron de gran utilidad en la terrible tarea de capturar todos los miembros del cuerpo de la joven.

Si los muchachos de Albert Gigot, el prefecto de la policía parisina, hubieran encontrado la cabeza, habrían advertido que los ojos permanecían inyectados en sangre por el miedo. Pero también se habrían cerciorado de que parecían triunfantes, aunque una capa gris traslúcida velara el tono azul del iris.

El cuello presentaba signos de un corte profundísimo hecho con un hacha, una cizalla o incluso la hoja de una guillotina. Los brazos, desaparecidos y amputados como la cabeza, fueron con toda probabilidad desgajados del tronco tras la muerte: el izquierdo a la altura del codo y el derecho desde la base del hombro. Las piernas delgadas y amoratadas por el frío permanecieron unidas al tronco siguiendo el vaivén de las aguas del Sena. «*Pauvre dame*»,* dirá uno de los agentes.

Las primeras estimaciones de los Gardiens de la Paix Publique, debido en parte a la nula existencia de testigos, apuntaron como el perfil más probable del asesino a un varón de mediana edad, corpulento,

* «Pobre señora.»

falto de escrúpulos y seguramente enloquecido. Por ello las pesquisas giraron al principio en torno a algún preso del manicomio de Bicêtre, o quizá del de Salpêtrière fugado entre esa noche y los días anteriores a la tragedia. Además, se hicieron toda clase de indagaciones en diversas cárceles, pero fueron en vano. Casi desde un primer momento se descartó el móvil pasional, ritual o que se tratase de un eslabón más de un homicida en serie. Incomprensiblemente el cuerpo de la víctima, una joven de unos veinte años, no exhibía signos de resistencia: como si la chica hubiera sabido desde el primer instante en el que se cruzó con su asesino que la partida estaba perdida.

La noticia corrió como la pólvora durante las siguientes cuarenta y ocho horas. *Le Constitutionnel* desmigó el suceso al día siguiente: «Muerte en el Sena: muchacha sin identificar aparece degollada en el agua junto a los restos de un cuadro», pero el interés decreció una vez superado el *shock* causado por una noticia tan morbosa. Nunca se pudo capturar al homicida ni ponerle nombre a una mujer de la que solo se conocían la edad aproximada, género y que, a juzgar por el tipo de ropa que llevaba la noche de autos, era de clase social media tirando a alta. Sí se barajó la hipótesis de que pudiera tratarse de una extranjera, puesto que nadie reclamó el cadáver.

Lo que no mencionaron los periódicos fue que apenas treinta horas más tarde, y en la Estación del Norte, Emile d'Erlanger, siniestro y con el gesto desbordado por esas victorias ilusorias que hacen de los ganadores perdedores en toda regla, se subía a un ferrocarril rumbo a Calais con un bulto en su equipaje: un tarro lleno de formol y, oculto por una funda gruesa, el cementerio particular de la cabeza de Alessandra Octavia Abad. Un recipiente en cuya tapa el barón mandaría grabar más tarde las iniciales «AOA» en letras doradas.

El viaje de vuelta a Londres del señor D'Erlanger fue sorprendentemente tranquilo —los compases previos a la muerte— mientras *La dama azul* atravesaba La Mancha rumbo a Dover. Aquella sería su última vez en el continente, y en el mar.

Tres semanas después y trescientos cincuenta kilómetros al norte de París, Emile se marchita bajo el sol tímido de Londres paseando absorto por Green Park. Respira intranquilo y visiblemente afectado por el pasado reciente; sus pómulos sobresalen porque la comida ya no le apetece, porque tiene la sensación de estar muriéndose y, sobre todo, porque una mujer preciosa y con los ojos azules había conseguido robarle uno de sus cuadros, ignorando el barón que se trataba de una copia, que todas eran simples copias.

Tras almorzar con él en Le Tour d'Argent a Alessandra no le costó convencerle para que le invitara a subir a su *suite* del Hôtel Crillon donde imaginaba que guardaba el Goya que la había traído hasta allí. *El ángel negro*, la última composición que un Cubells más inquieto de lo habitual, con la mirada perdida en algún lugar entre la locura y la desesperación, le había entregado *in extremis* antes de la marcha del banquero a París, quien lo recibió visiblemente enfadado.

D'Erlanger siente que la vida tal y como la había concebido —la búsqueda del poder a través del arte— había perdido su razón de ser. Por eso matar a Alessandra había sido un juego de niños en el que le habían sobrado fuerza y escrúpulos para disfrutar estrangulándola con sus propias manos. Sin embargo y en la mirada de ella, todavía hermosa bajo la luz chispeante del atardecer, se dejaba entrever un brillo sutil, algo tremendamente parecido a la victoria.

Encontrarla había sido muy sencillo: al barón le bastó con deducir que su mapa mental de la ciudad sería limitado, y con su conocimiento de las oficinas de correos en ese distrito sería fácil localizar desde cuáles enviar el lienzo sustraído. Y a D'Erlanger le había excitado más que ninguna otra cosa descubrirla: al principio, al adivinar apenas un bulto moviéndose deprisa a lo lejos. Estudiar, conforme la mancha clara se concretaba en algo más sólido y femenino, su paso acelerado para una hora más tarde deleitarse con la manera en que le temblaba el cuerpo. Admirarse ante su aspecto de bella mosquita muerta, solitaria y hundida en la tarde, demacrada y asustadiza, sin más equipaje que un lienzo perfectamente enrollado que, al advertir la presencia de Emile, rompería hasta reducirlo a reliquias de tela sin valor. Y pese a la tortura a la que la sometió y a la conciencia inminente de la muerte no consiguió arrancarle de los labios un motivo. Porque lo verdaderamente sorprendente es que Alessandra Octavia Abad supo justo a tiempo, cuando ya corría con él desesperada —la intuición obra maravillas en las personas inteligentes— que *El ángel negro*, que en concreto ese *Ángel negro*, no era más que una copia hecha por un Cubells menos cobarde de lo que a ella se le había antojado durante todo ese tiempo. Y decidió en ese momento que se llevaría el secreto a la tumba.

Fue ese brillo último que D'Erlanger adivinó en los ojos de Alessandra Abad antes de que se apagasen lo que provocó que no le bastara con verla muerta, y para romperle la vida aún más contrató a dos buscavidas sin alma que se encargaron de mutilar su precioso cuerpo siguiendo el esquema de la pintura favorita de Emile, *Saturno devorando a un hijo*.

D'Erlanger pasa ahora ante el Palacio de Buckingham y el cielo se encapota como un mal presagio justo cuando termina de convencerse de que todo puede ser menos complicado. Gira por Ebury Street a la altura de la Estación Victoria. Aminora el paso y aprieta los dientes.

Lo que D'Erlanger nunca llegaría a saber era que, de haber continuado la investigación y probablemente gracias a un golpe de suerte, se habría interceptado una carta escrita por Alessandra Octavia Abad y fechada el 13 de julio, día del asesinato, con destino Venecia, a un esposo y dos hijos que ya se temían lo peor desde su casa de Cannaregio. «A quien pueda leerlo —*Chi può leggere*—, comenzaba»: unas pocas líneas escritas con prisa desde un hotel modesto del Montparnasse más triste donde la mujer, que ya intuía la inminencia de su muerte, dejó escrito el nombre y apellido del que sabía que en cuestión de horas la encontraría con intención de hacerla desaparecer para siempre.

Tampoco descubriría Emile d'Erlanger que si la policía hubiese investigado con un poco más de entusiasmo habría dado con un segundo envío, esta vez sin remite, que dos semanas más tarde recibiría en su piso de la calle Fuencarral de Madrid un Salvador Martínez Cubells destrozado, cuando ya la sabía muerta, para luego derramar muchas lágrimas y acabar ahorcándose con la pregunta que lo atormentaba y para la que jamás hallaría respuesta: ¿Qué hubiera ocurrido si le hubiese entregado a Alessandra el original y no se lo hubiese quedado en el piso donde ambos vivieron algo parecido al amor, como si así conservara una parte de la mujer que amaba y a la que había perdido, la mujer para la que él sentía que había rescatado el cuadro de la pared de la Quinta? Y anticiparía su muerte consciente de que nunca sabría si el amor que sentía por ella la hubiera salvado.

13 de julio de 1878, París

Querido Salvador,
Cuando leas estas líneas seguramente estaré muerta.

Acabo de robarle *El ángel negro* a Emile, pero las cosas no han salido como esperaba. Estoy en una pensión, tiemblo de miedo y cuento lo que me queda para romperme, porque sé que viene a por mí. Me atrapará pronto. Es muy poderoso y más listo de lo que pensaba; de lo que cualquiera habría supuesto.

Gracias por todo lo que me has dado. Supongo que piensas que no te quise, que eras una marioneta para mí. Lo cierto es que durante el tiempo que pasamos juntos todo fue a la vez muy sencillo y muy difícil: fácil, por poder amarte; complicado, por tener que mentirte.

Estoy segura de que esta es mi última carta. Mi corazón siente una pena infinita por Goya, por mis hijos y, ¡por no haberte demostrado tantas cosas!

Siempre tuya,

ALESSANDRA ABAD

El barón llega al Puente de Chelsea; permanece justo tal y como lo recuerda de tantos otros paseos. Y por primera vez en su vida siente que ama la ciudad de Londres. El Támesis refleja el color tranquilo de ese atardecer de principios de agosto, porque las nubes se han disipado y la línea del horizonte es ahora de un naranja fabuloso. Todo podría haber sido más fácil, sí. Pero también era cierto que llegados a ese punto las cosas resultaban simples, que no fáciles. Por eso no le falla el pulso cuando saca su revólver del bolsillo de la chaqueta para volarse la cabeza. Y el río se tiñe por unos segundos de las salpicaduras de una sangre que ha abandonado su cuerpo, como la vida misma, para siempre.

Lunes 5 de agosto de 1878, Londres

Últimas voluntades.

Yo, Frédéric Emile d'Erlanger, en el día de mi muerte, certifico con esta carta mi deseo de donar catorce lienzos de Francisco Goya y Lucientes, las llamadas *Pinturas negras*, al Museo Nacional de Pintura y Escultura de Madrid.

Así sea,

FRÉDÉRIC EMILE D'ERLANGER

D'Erlanger morirá sin saber, y de ahí la sonrisa impresa para la eternidad en el rostro de Alessandra, que el asunto era en el fondo aún más retorcido, que las catorce composiciones —porque la decimoquinta se había echado a perder antes de arrojarla al Sena—, que acababa de donar al museo madrileño, eran oscuras, sí. Negras de puro macabro. Pero que además todas eran copias de los originales extraídos de la Quinta del Sordo hechas con tiempo, amor y pericia por un Cubells de treinta y dos años enamorado de una mirada de mar perfecto.

31

¿Sabe lo mejor de los corazones rotos?
Que solo pueden romperse de verdad una
vez. Lo demás son rasguños.

CARLOS RUIZ ZAFÓN

Madrid, 15 de mayo de 2016

La noche anterior había resultado extraña. Ada
parecía haberse transformado en un ser más complejo, más oscuro, una mujer a la que el inspector
apenas reconocía. Como si estuviera a años luz de él,
escondida en su propia cara oculta y ajena al mundo
que hasta ese momento habían ocupado juntos.

Fueron a cenar, pero ella estaba cansada y no tar-
daron en pedir la cuenta. Recorrieron el camino hasta su casa en medio de un silencio denso. Al llegar a

la puerta de casa de Ada, ella buscó las llaves en su bolso con parsimonia, como si tratara de ganar tiempo e inventar una disculpa para no invitarle a pasar. Levantó la cabeza, y con una especie de tristeza, de dolor antiguo, aprendido, se asomó a su mirada. Ni siquiera fue capaz de besarle. Necesitaba estar sola y Bernardo no opuso resistencia alguna. Sencillamente se disolvió y volvió a su apartamento dando un paseo.

El inspector Vera está de guardia hoy, día de San Isidro, y por un momento le duele no estar libre ni sentirse capaz de reunir el coraje necesario para coger el teléfono y preguntarle qué tal está. Sabe que algunas relaciones terminan así, que hay personas que se alejan y desaparecen de nuestras vidas con la misma facilidad con la que llegaron. Lo cierto es que no se ha parado a pensar en que este momento pudiera llegar, ni cree estar preparado. «¿Se puede saber qué esperabas, Bernardo?», piensa que le dirá ella. Una sensación de vértigo le encoge las tripas. Termina su café con un nudo en el estómago.

En el buzón del inspector en la comisaría del distrito Madrid-Retiro alguien ha dejado un sobre grande y abultado. Las hojas parecen pesar más de la cuenta, como si el plomo de las preguntas resueltas fuera a encontrarse entre esas líneas. El policía nota cómo le tiemblan las manos. Siente que todo va a dar un giro.

A LA ATT. DEL INSP. BERNARDO VERA DÍAZ.
RTE: DEPARTAMENTO DE CRIPTOGRAFÍA DE LA POLICÍA NACIONAL DE ESPAÑA. CONFIDENCIAL Y URGENTE.

Va hasta la mesa de su despacho. Utiliza el abre-cartas, y lee.

INFORME N.º 0987 — CASO SATURNO. RESULTADO DEL ANÁLISIS CRIPTOGRÁFICO DE LA SERIE DE CARACTERES ENCONTRADA EN EL MUSEO DEL PRADO EL 2 DE MAYO DE 2016.

En Madrid, miércoles 14 de mayo de 2016

Inspector Bernardo Vera,
Exponemos a continuación (detalles: Anexo I) las conclusiones del análisis criptográfico a las que este departamento ha llegado en relación con la nota hallada en el reverso de la pintura *Saturno devorando a un hijo*, o nota 1. A partir de la nota 2, o la descubierta en el reverso del *Capricho 72*, no

hemos detectado ningún indicio relevante (detalles: Anexo II).

NOTA 1

Formato: papel DIN A6 (105 × 148 mm).
Gramaje: 170 gramos.
Disposición de las secuencias: ambas caras (A y B).
Estilo: letra Chalkduster, tamaño 15 puntos. Mayúsculas.
Soporte de impresión: impresora de tinta Canon MG6350.

1) CARA A

NO TE ESCAPARÁS

Haciendo uso del software destinado a tal efecto (Anexo I), no se ha extraído de la serie de letras arriba expuesta ningún mensaje, por lo que creemos que se trata de una amenaza explícita cuya investigación le compete.

2) CARA B

1544 638 2024 4625 7878 2179 7277 1887 994 325 809 5858 7934 3106 2647 1173 2838 1627

Aquí sí encontramos una lógica significativa: su autor quiso dejar un mensaje. Sirviéndonos de los algoritmos diseñados a tal efecto y mediante una búsqueda realizada en la propia base de datos del Museo del Prado, este departamento ha resuelto que los números de la Nota 1 se traducen en última instancia en coordenadas geográficas traducidas siguiendo el sistema decimal, es decir, en la dirección de un punto concreto de la superficie terrestre. Se llega a esta conclusión estimando que, cada uno de los grupos de tres y cuatro dígitos de la pista cifrada, corresponden a una pintura perteneciente a la colección del Museo del Prado. En función de que la obra en cuestión esté expuesta o almacenada en el mismo, dichos números serán equivalentes a uno a su vez comprendido entre el 1 y el 9 en el primero de los casos (pinturas expuestas) o se sustituirán por los caracteres 0 (cero), – (menos) o . (punto) en el segundo (pinturas almacenadas).

La conversión número de catálogo-número/signo es tal como sigue:

REFERENCIA DEL PRADO	E* A**	TÍTULO DE LA PINTURA	SUSTITUCIÓN	RESULTADO
1544	E	Desposorios místicos de Santa Catalina, Los***	D=4	4
638	A	Cabeza masculina colosal	C=cero	0
2024	A	Paisaje frondoso	P=punto	-
4625	E	Doña Isabel La Católica dictando su testamento	D=4	4
7878	E	Crucifixión, La	C=3	3
2179	E	Autorretrato	A=1	1
7277	E	Intradós de ventana	1=9	9
1887	E	Desposorios de la Virgen, Los	D=4	4
994	E	Fundación de Santa Maria Maggiore en Roma	F=6	6
325	A	Magdalena penitente, La	M=menos	-
809	A	Caballero de la mano en el pecho, El	C=3	3
5858	E	Paisaje	P=punto	-
7934	A	Florero de cristal con rosas y jazmines	F=6	6
3106	E	Historias de la Magdalena	H=8	8
2647	E	Cristo bendiciendo	C=3	3
1173	E	Hilanderas, Las	H=8	8
2838	E	Historia de Nastagio degli onesti, La	H=8	8
1627	E	Inmacutada Concepcion, La	I=9	9

* PINTURAS EXPUESTAS.
** PINTURAS ALMACENADAS.
*** P. CEDIDA TEMPORALMENTE A OTRO MUSEO.

El resultado es **40.431946, -3.683889**, localización en la que desde 1917 se ubica la Casa del Marqués (C/ Lagasca, 98. C.P.: 28006. Madrid).

Repasa el informe un par de veces. Vera tiene un mal presentimiento y quiere comprobarlo en persona, razón por la cual no pide refuerzos y sale rumbo a la dirección indicada. Algo lo inquieta y no termina de entender de qué se trata. Mejor así. Ni en sus peores pesadillas hubiera podido imaginar lo que le espera allí.

32

En la policía nos entrenaban para muchas cosas, pero no para soportar la soledad.

ESTEBAN NAVARRO

El inspector Vera deja el coche aparcado de cualquier manera en plena calle Lagasca. Algunos curiosos, pocos, se quedan mirando a un hombre que conduce a más de ciento veinte por hora por la calle de Juan Bravo en un coche verde a eso de las 8.45 horas de la mañana. Es domingo y la ciudad es una mole dormida.

De haber sido otras las circunstancias, se habría detenido a contemplar la espléndida mansión. Bernardo Vera sostiene con firmeza el arma en la mano derecha mientras con la izquierda trata de girar con sigilo el pomo de la puerta que conduce al sótano de la casa. Ha llegado hasta allí tras atravesar sin problemas el portón negro de entrada a la finca, y luego la de la propia edificación. Ambos estaban entreabiertos, como si le invitaran a entrar. Aquello no le gusta nada. Sin embargo, al entrar en la estancia principal no puede evitar su impresión ante la grandiosidad de la estancia. La vidriera a través de la cual se filtra la luz en el vestíbulo, así como el lujoso billar de una de las salas, que se ve a simple vista conforme entras en el interior del palacio, son dignos de admiración. De igual manera advierte lo sucio que está todo. Abandonado. Todo: desde el jardín asilvestrado que recuerda a un bosque embrujado, hasta los muebles de la casa expuestos sin ningún tipo de protección y con una capa de polvo de dos centímetros de espesor. Ni rastro del brillo y la pompa que caracteriza a las residencias como esta. Algo que le hace estar más alerta todavía. Bernardo puede sentir el olor de la tragedia. Entonces recuerda la mirada de Ada en el portal de su casa la noche anterior.

Una sensación de *déjà vu* le atormenta. Al otro lado de una puerta escucha una conversación amortiguada y casi ininteligible. Cree reconocer dos voces discutiendo pausadamente, una de ellas parece la de una mujer. De pronto siente la vibración de su móvil en mitad del silencio y su pulso se dispara y el latido encuentra la réplica en las sienes de Vera. Duda un segundo para finalmente coger la llamada: necesita que alguien sepa que está allí.

—Vera, le paso una llamada. Es de Gálvez.

—Gracias. —El policía habla en un susurro, consciente del peligro. Por un momento solo se escucha la respiración entrecortada del comisario.

—El cadáver no es de Estephan, Bernardo. —El tono del comisario se mueve entre la desesperación y el cabreo—. Vera, ven aquí cagando leches.

Y entonces, algo le golpea y todo se vuelve negro.

33

Qué bello, mar, morir en ti
cuando no pueda con mi vida.

JOSÉ HIERRO,
Llegada al mar

Bernardo yace inconsciente en el suelo. En su mente se suceden todo tipo de imágenes dando vida a una especie de moviola macabra, efecto de la droga que sin duda le han debido de inyectar para mantenerle a raya.

Cree ver dos cuerpos mojados besándose en la orilla de la playa de los Peligros. Siente el olor a mar, que se te mete en los pulmones y se te queda dentro para siempre. Una mujer que le abraza y le susurra algo con un acento dulce y como importado del sur. Ambos resbalan, el uno dentro del otro.

Ahora el agua le cubre hasta la barbilla muy cerca del faro de Cabo Mayor, su hogar, que visto desde la perspectiva de más de un kilómetro y mar adentro parece un fantasma desmesurado y viejo que vigila las olas. Un soldado desafiando al mar con sus luces. «Noventa y un metros sobre el mar, hijo, y treinta metros sobre la tierra. Es la entrada a la ciudad; toda la vida existió aquí un faro, antes del nuestro hubo otro.» Ambos viven allí, y su padre se encarga de cuidar del pequeño Bernardo y de hacer funcionar los focos de la gran torre en la que muchos nacionales habían capturado por última vez la instantánea del mundo, cuando durante la Guerra Civil eran arrojados desde allí al acantilado.

En aquel faro aprendió a amar el mar, los cabos Mayor y Menor, la Ensenada de Mataleñas y Los Molinucos. Santander. Cantabria.

Se ve con veinte años. Quiere ser policía nacional, y se va a vivir con los cuatro duros que saca ayudando a su padre y haciendo de portero de discoteca a un piso de estudiantes alejado del centro y del mar, en el barrio de la Albericia. Dos años más tarde aprueba las oposiciones y, tras seis meses en la Escuela de Policía Nacional de Ávila ingresa en el Cuerpo, cuando se cumplen diez años del accidente del faro, de la tempestad terrible que casi se lo traga. «Doce muertos en un temporal en Cantabria; olas de hasta quince metros», rezaban los noticiarios.

Mucho más tarde, con treinta y un años, las tripas del faro han dejado de pertenecer a los Vera porque ya no hace falta que nadie las cuide: han hecho de la casa un museo y de la torre un robot al que le estorban las manos. Y entonces su padre se apaga tan rápido que es imposible aprender a decirle lo importante. El gigante de piedra continuará allí pero ya vacío de corazón y nostalgia, únicamente embutido en kilos de engranajes. Y Bernardo nunca volverá a Cabo Mayor. Y le costará lo indecible mirar al noreste.

De nuevo una chica que se desviste y le susurra cosas al oído, pero de manera distinta a la anterior, porque cada mujer es un universo ajeno al que anclarse para sobrevivir al propio. Tiene los rizos apretados y los ojos, grises como cuando el mar cambia para hacerse bravo, se le curvan al sonreír.

La ve con un pareo negro como el manto sobre el que se posan las estrellas que él le había enseñado a nombrar. «Esta de aquí es Sirio; mira, esta otra es Capella», se escucha contarle. La mujer se vuelve inalcanzable y los años pasan por ella mientras su espalda y la de Bernardo conservan las gotas del sudor de ambos. Y él se da cuenta de que aquel amor se había convertido en una instantánea en sepia, un recuerdo ajado de los buenos tiempos, como el de la noche en que cenaron en el Casino con vistas a la bahía de la playa del Sardinero y él le dio un aro de oro blanco muy sencillo con un diamante diminuto y le pidió que fuera su esposa. Y lo que parecía tan fácil comenzó a complicarse.

Su casa de soltero y el trabajo de Nacional. La calle bien asfaltada de camino al portal señorial que no esconde más que un espacio neutro, apenas un picadero. Su buena relación con el comisario. La fachada rojiza de ladrillo visto en Calvo Sotelo. Los muebles de batalla, el somier que chirría y las estanterías de bordes desgastados ya ocupaban el piso cuando él llegó. El colchón es grande y el suelo de parqué cruje en una agonía tremenda si no sabes dónde pisar. Caras y cuerpos fugaces se suceden calentando las sábanas. Él haciendo abdominales hasta el cansancio más extremo para ahogar las lágrimas. La perdió. La ha perdido para siempre.

El suelo cada vez más cerca, en una de las aceras del barrio de la Magdalena.

El dolor indescriptible de la primera cuchillada y la anestesia que concede la segunda. El hormigueo instantáneo cuando menos de un segundo después su cuerpo se retuerce en una postura imposible. La sangre brota densa de sus heridas mientras él paladea el verdadero sabor de su muerte. La ira supera con creces al miedo. Por eso sus manos estrangulan al canalla. Nunca ha conseguido recordar esa parte, pero dicen que el policía Bernardo Vera arrancó a su agresor la camiseta después de destrozarle la chaqueta con las solapas levantadas de chulo de barrio que era. El primer y único golpe seco. Un crujido contundente. Tardó tres segundos en matarle mientras le miraba fijamente. «A mí no, cabrón.»

34

Y, así, yo confieso que me he retirado, pero no huido, y en esto he imitado a muchos valientes.

MIGUEL DE CERVANTES,
Don Quijote de la Mancha,

Para cuando el inspector Bernardo Vera despierta tras sentir el golpe de una 9mm sobre su nuca, medio deshecho en el suelo y con las manos bien atadas a la espalda con una soga marinera —se le daba bien eso de los nudos y rápidamente se da cuenta de que aquel es de los buenos—, apenas le sorprende la escena. Ni le conmueve, ni experimenta ninguna clase de dolor. Todo sucede como si estuviera en medio de una nebulosa: una curiosa sensación de anestesia que permanece de cuello para arriba resultado de quién sabe qué cóctel de narcóticos, probablemente quetiapina, administrada por vía endovenosa, que lo mantiene a raya y con el corazón en letargo. La rabia que siente se le enquista por dentro.

Frente a él se encuentra el supuesto cadáver de la Sala 67, el auténtico Estephan Morales en carne y hueso, y junto a él la señorita Adler, los dos vivitos y coleando, y según se mirase hasta cómicos, sobreactuados y con las manos en jarras frente a una curiosa efigie deshebrada y amarrada a las vigas del techo: una serie de hilos de nilón sujetando un guiñapo que a modo de marioneta languidece tragicómico en una de las esquinas de la sala levantado del suelo, como queriendo echar a volar y alejarse de todo aquello. Dos trapos azules, pequeños, hacen de ojos grotescos y parecen mirar al infinito como si estuvieran pidiéndole algo, probablemente clemencia. En torno a él hay trece pinturas, todas tan negras como el demonio, todas exactamente iguales a las que se exponen en la 67 del Prado. «Solo falta el *Saturno*», piensa el inspector. Probablemente el que fue rajado al principio de todo aquel tinglado y que la propia doctora Adler, esa mujer fría que apenas reconoce ahora, se encargó de destrozar para asegurar horas más tarde a quien quisiera su opinión de experta que el original no se encontraba allí, sino en los subterráneos del Museo del Prado.

El efecto de la droga hace que le resulte difícil concentrarse aunque trata de aguzar su mirada de sabueso hasta donde su estado le permite. La sala es grande; está bien cuidada. Se nota que tienen dinero. Y tarda un segundo más en caer en la cuenta de que está en la Casa del Marqués, y en recordar todo lo sucedido antes de quedarse inconsciente. Aquella llamada de Gálvez... el «Ven aquí cagando leches...». Por un momento se marea.

—Te presento a mi marido, Darío Andrónico —dice ella mirando al muñeco. Algo en su cara se crispa, enarca las cejas para luego poner un gesto más propio de un perro de presa—. El muy gilipollas pensaba que le haría llegar el *Saturno* real hasta este sótano, pero —chasquea la lengua— ya ves, no pudo ser. Tuvimos que llevarlo hasta el museo y allí rajarlo por la mitad. Como a él. Cosas del directo. ¿Qué le pasa, inspector? ¿No entiende nada, verdad? —dice con cierto sarcasmo.

—El que mataste en la 67 —susurra Vera para sí mismo, encargándose de que no puedan oírle. No le sale de los cojones entrar en aquel juego de psicópatas. Hija de puta.

Así que trece lienzos, una efigie y dos cabrones desquiciados. Y él. Los dos asesinos le estudian eufóricos y sobre todo curiosos, con ese tipo de sonrisa que debe de abundar en los manicomios. Como si esperasen un grito, un ademán de súplica o cualquier gesto que indicara que Vera tenía miedo. Y una mierda. No es capaz de sentir nada, si acaso un arañazo de ira que comienza a hacérsele hueco en los sesos, y no por ella o por la angustia del no saber qué ocurrirá. Qué va. Se trata de un estado de rabia perfectamente controlable. De estar hasta las pelotas y harto de traiciones, solo eso. Y la ausencia de lamento le otorga perspectiva. Hace que analice los hechos con tal claridad que casi suspira de alivio.

Se fija mejor en Ada, cómo no: se nota que está al límite de su paciencia. Lleva un vestido de punto negro, como si le diera morbo vestir de luto. Tiene cara de asesina, la misma cara que él había besado tantas veces, más afilada que la última vez que la vio y con una expresión de indignación ante la falta de reacción de su «Ber» —¿No era Ber, preciosa?—. Porque parece que la función está a punto de comenzar y que es precisamente él, el protagonista, quien parece estar retrasando su entrada en escena.

—¿Ninguna pregunta? —Ada Adler comienza a impacientarse, se cruza de brazos y echa la vista al techo. La secunda Estephan Morales.

Al verlos así, Vera no sabe si reír o llorar.

—¿Y qué esperabas? —observa a la experta en Goya, o mejor dicho la ve, porque Ada ya no es la misma que olía a fresas y le desarmaba con su cuerpo y algún beso sincero, un espontáneo entre bambalinas. Aunque parezca mentira, no le sorprende este desenlace. Está hasta guapa, claro, pero no del mismo modo que antes. La maldad no embellece; la maldad trastoca. También sigue siendo atractiva, quizá más que nunca con esa sonrisa cruel y medio esquiva que, en función del ángulo de inclinación de la cabeza del policía, se parece a una risa triste.

—Qué baratos os vendéis todos por un polvo mediocre —asegura ella con rencor—. Me sorprendió lo rápido que caló la idea de que se trataba de Estephan. —Y señala a Morales acercándose demasiado a él. A Vera se le revuelven las tripas.

—*Vuoi iniziare?** —El doctor Morales se muere de impaciencia y se comporta como alguien fuera de sus cabales. Justo a su izquierda Vera alcanza a ver un maletín de médico y se teme que la situación discurra por segunda vez por cauces esperpénticos. La respuesta de Adler se hace esperar unos segundos. Algo en ella le hace dudar.

* «¿Empezamos?»

—*Sì.*

—¿Qué esperabas? —El inspector Vera comienza a estar verdaderamente cansado. Cansado de todo; cansado de ella.

—¿Me concedes un momento, Ber? Seguro que sí. —Emplea la voz chulesca de siempre, aunque algo en su tono y en su mirada parezcan haber cambiado por unos instantes; como si se hubiese parado, aunque fuera tan solo durante una décima de segundo, a replantearse las cosas. Y le duele lo de Ber al final de la frase, claro. Porque empieza a sentir cómo tras el *shock* las cosas vuelven a ser del color de antes: todo molesta cuando la anestesia desaparece.

—¿En serio no vas a aplaudirnos? —Y esas son las últimas palabras que escucha Vera decir al tal Estephan antes de que Ada Adler, la del alma de hielo, se saque, literalmente, un abrecartas de la manga. Acto seguido, el ángulo que describe permite que la punta perfore el ojo derecho de Estephan, hundiendo el iris azul para cubrirlo de una mezcla de sangre y seso repugnante. Y en un abrir y cerrar de ojos el doctor Morales está muerto.

Adler y Vera por fin se enfrentan cara a cara, rodeados de fantasmas, pero a solas. El aire del sótano se hace más liviano. Y algo en ella cambia por segunda vez. Una masa gelatinosa procedente de la cabeza de Morales avanza despacio por el suelo hasta alcanzar los pies de Ada, que apenas se inmuta.

—¿Tienes tiempo para una historia? —Su voz tiembla, como si estuviese enfrentándose a un antiguo trauma.

Y entonces la doctora Ada Adler rompe a llorar.

35

En el fondo de ese amor, bajo la vasta
tienda de ese amor, mientras él hablaba de su
infancia recobraba, también, la inocencia [...].

ANAÏS NIN

Isla de Murano, junio de 1990

Se ha vuelto a escapar de su casa en Cannaregio
para ir hasta la isla de Murano. Conoce muy bien el
camino porque, a pesar de su corta edad, lo ha recorrido decenas de veces. Allí se encuentra su lugar favorito en el mundo. Avanza correteando entusiasma-
da. Su cabello es rubio, sus ojos son del color de la
miel y su mirada despierta está atenta a cada detalle.
Lleva un vestido nuevo cuajado de flores que le llega
a la altura de las rodillas. Camina por la Fondamenta
Contarini, en la que vive desde que nació —de esto

hace ocho años, el 14 de octubre de 1981—, en una casa de ladrillos con la fachada rugosa al tacto y pintada del color de la tierra empapada. Su padre, Alex, le contó que la casa de la isla era propiedad de la familia desde hacía más de cien años, y ella es incapaz de concebir cómo cabe tanto tiempo en la misma frase.

Deja atrás la iglesia de la Madonna dell'Orto, y está tan emocionada que no se para a mirarla ni entra como otras veces para quedarse en uno de los bancos, entre feligreses y curiosos, con la boca siempre abierta y los ojos como platos concentrados en el ábside decorado con pinturas de Tintoretto. Allí sentada imagina que el pintor y ella podrían haber sido vecinos. Está convencida de que de haberse conocido se habrían enamorado sin remedio.

Callejeando por la calle Piave llega hasta el muelle dell'Orto, en el que espera escondida entre la gente para coger el *vaporetto*, en concreto la línea que hace el recorrido Cimitero-Murano-Colona. Una vez a bordo, el barco hace una parada en la Isola San Michele con su *cimitero* o cementerio —no en vano se la conoce como «la isla de los muertos»—. La pequeña sabe que Ígor Stravinski está enterrado allí, y recuerda emocionada la foto de él que ve todos los días: la de un señor mayor de cara seria y mirada intensa con el pelo peinado hacia atrás y los brazos en jarras, como el que sabe más de lo que quisiera de la vida... O eso le gusta pensar a ella. Su padre, que es fan del compositor y disfruta escuchando *Las cuatro canciones rusas* —o tal vez sean prusianas, no sabe—, la puso en una de las salitas de la casa. Y ella, que adora a su padre, siente la misma devoción que este por el compositor. Sus abuelos maternos, Pepa y Pepe Abad, están enterrados en ese mismo cementerio. Les echa mucho de menos.

La niña continúa su marcha por la Fondamenta dei Vetrai y avanza hasta llegar a la Chiesa di San Pietro Martire. Justo enfrente se encuentra una construcción modesta y con las paredes de un naranja rojizo conocida como la Fortezza di Murano, que, desde luego, no se llama así por su tamaño, ni porque tenga fuertes medidas de seguridad o perros enormes detrás de una puerta de reja medio desvencijada y mordida por el óxido. Tiene una alzada de escasas dos plantas y pasa desapercibida, también por estar un poco abandonada, como si desprendiera un aura de soledad. Pero ella sabe desde muy pequeña que eso solo es su apariencia. Si uno se coloca en el punto exacto del pequeño salón y al pie de la trampilla que conduce al sótano, se topa con un pasaje a otro mundo, a un auténtico *paradiso*.

Tira impaciente de la argolla del suelo y baja los escalones. Los tramos finales son los más peligrosos, hay que ir con cuidado y asegurar bien los pies porque la humedad empapa la piedra. No hay barandilla. Allí abajo la temperatura es más baja, lo que hace que se le ponga la piel de gallina. Y a ella le gusta pensar que es porque está en una cueva. Una cueva que es suya y de su padre.

Entonces se apodera de ella la misma excitación de hace ya casi un año, cuando Alex le reveló el secreto. Se divide entre el miedo que le produce ese silencio que invade la estancia y le retuerce la tripa y el sentimiento de culpa por haberse saltado las normas, ya que tiene prohibido ir hasta allí sola. Su padre trabaja en el Museo Ducale. Ella debería estar en el colegio. Pero hace un tiempo descubrió que él guarda las llaves de La Fortezza en la mesilla que hay junto a su cama, en una cajita cuadrada forrada en terciopelo negro. Siempre que le roba unas horas a las clases para ir hasta aquel mágico lugar, se asegura de volverlas a dejar con sumo cuidado en su sitio, tratando de colocarlas en la misma posición en que las encontró.

Sus pies tantean los dos últimos peldaños. Enciende el interruptor en medio de una oscuridad absoluta y la luz se enciende con un parpadeo inseguro «como el de una vela», piensa la pequeña Pepa Abad que algún día, aún no lo sabe, se hará llamar Ada Adler.

El sótano es más grande que diez veces su habitación, y de las paredes cuelgan catorce cuadros conocidos como las *Pinturas negras*. Las compuso hace una eternidad un artista español que se llamaba Francisco de Goya. Y Pepita está segura de que sus amigos, en concreto Piero y Andrea, correrían espantados al ver esos cuadros, porque son muy pero que muy raros y también, así se lo parece, muy feos. Pero su padre los mira con una mezcla de nostalgia, ternura y un brillo muy especial en los ojos, y ella los ama por eso. Él le contó que la historia de esos lienzos se remonta en el tiempo hasta incluso antes de que tuvieran su casa. Le gusta contemplarlas una a una, con esa clase de fervor que nace del respeto; y las observa en silencio, orgullosa de poseerlas, intuyendo que Alex en el fondo sabe de su travesura, y por eso se preocupa de que nadie más pueda tocarlas y de que esté todo en su sitio. Limpia los marcos, barre el suelo de la sala, comprueba al salir el interruptor.

La niña vigila las *Pinturas negras* y poco a poco las va haciendo suyas.

36

A menudo el sepulcro encierra, sin saberlo, dos corazones en un mismo ataúd.

ALPHONSE DE LAMARTINE

Isla de Murano, 1998

«Perdóname, Pepita», fue la última frase del testamento de Alessandro Andreotti, en el que le contaba sin entrar en detalles «Una historia muy triste
que explica cómo llegaron las pinturas a nuestras
manos, y que no quiero que olvides». Y le lega los
dos grabados de Goya que el artista regaló al abuelo
de su tatarabuela y las catorce pinturas, que todos
llaman *Negras*, y que ya sabe distinguir de las del
Museo del Prado de Madrid, donde tienen expuestas
unas composiciones idénticas pero falsas. Y al pare-

cer ahora es la única persona en el mundo que sabe todo aquello. Tiene dieciséis años y su padre acaba de morir de cáncer dejándola sola en el mundo.

Y entonces Pepa Abad, a la que cada vez menos gente llama Pepita, busca en hemerotecas a lo largo y ancho de Venecia y en cada rincón de la casa de Cannaregio en la que Alex ya nunca volverá a hablarle de lo mucho que se llega a amar la Laguna, ni a contarle anécdotas, ni a asegurarle lo guapa que era su madre, Pepa, de la que al parecer ha heredado sus ojos y su sonrisa y que murió a los pocos días de dar a luz.

El secreto de las *Pinturas negras* para otro podría haber sido solamente un relato macabro por el que uno llora o se sorprende una vez, pero que con el tiempo se cura y olvida. Un detalle, además, por el que uno podría hacerse asquerosamente rico si se lo propusiera. Pero ella venera a su padre, y por eso también las *Pinturas*. Y ya no le parece que San Michele huela a huesos por las noches, sino a puro cariño y a papel de libro.

En una caja grande y venida a menos con los años que le muestra su padre antes de morir, esperan en la Fortezza pistas de quién sabe qué. La primera, un fragmento de un paisaje de Madrid de bordes cenicientos. Ella nunca ha estado en España, pero reconoce al instante el Museo del Prado, solo que en la foto coloreada en sepia parece más viejo, como si hubiera vivido varias vidas. También hay una carta muy antigua, de hace más de cien años, doblada con sumo cuidado y que casi se despedaza al abrirla. Está firmada por Alessandra Abad, su tatarabuela. «Ella era una mujer de mundo», le explicó una vez Alex. La carta está escrita en París. Encuentra una hoja de un periódico con la tinta milagrosamente intacta y redactada en francés que menciona un terrible asesinato de una muchacha sucedido a orillas del río Sena. Y junto a ella hay un recorte de un diario londinense fechado algunas semanas más tarde que habla del suicidio de un hombre llamado Emile d'Erlanger, una figura importante en el mundo de los negocios, y de la donación póstuma de su colección de pinturas de Goya al Museo del Prado: «El barón D'Erlanger dona catorce pinturas de Goya, las conocidas como *Negras*, a una pinacoteca madrileña después de quitarse la vida al borde del Támesis.» Tocando el suelo de la caja un noticiario español especula sobre un segundo suicidio ocurrido en las mismas fechas que el anterior, el del restaurador de arte español Salvador Martínez Cubells. Y Pepa, que sabe español porque su padre así lo quiso —«Tu madre era española, Pepita»—, lo lee de principio a fin. Por último, camuflado entre más papeles y notas, una reseña de un periódico parisino que reza: «Extraña pintura encontrada en el Sena junto a los restos de una mujer descuartizada. ¿Estamos ante la copia de alguna obra maestra?»

Las hojas tiemblan en sus manos y el roce del papel con los pulgares le produce un dolor raro de puro punzante. Y lee y relee, experimentando una extraña mezcla de nostalgia y necesidad de venganza. Y no tiene nada, salvo dos grabados y la fortaleza con las catorce *Pinturas negras* que de repente se han vuelto hermosas y tremendamente magnéticas, y que valen mucho pero que a la misma vez no valen nada porque no dejará que nadie sepa nunca que se esconden allí. Y le queda además ese pequeño tesoro envuelto en latón que habla de un asesinato y dos suicidios, de Goya y de un decimoquinto óleo que muy probablemente sea una «pintura negra» perdida y que su tatarabuela llamó *L'angelo nero* en las líneas que dirigió a su familia antes de morir, y que Pepita ahora no encuentra a pesar de que es precisamente lo que más le gustaría en el mundo, tener ese cuadro junto a sus demás hermanos. Y con el tiempo descubrirá que ese ángel negro le costó a su tatarabuela, Alessandra Abad, una trágica muerte.

La joven de los ojos del color de la miel se da cuenta de que comparte con su tatarabuela algo más que los genes, también el carácter resuelto, las ganas de aventura y una sed de *vendetta*. Porque se trata de su familia y porque hay un individuo siniestro cuyo nombre se repite en la carta, en el periódico londinense, y que parece una pieza clave de toda aquella historia: Emile d'Erlanger. Y también por ese *Ángel negro* que no localiza, busca en cada rincón de un mundo que la atrapa hasta que todo la lleva a seguir una pista: la de Darío Andrónico.

37

El medio más fácil para ser engañado es creerse más listo que los demás.

FRANÇOIS DE LA ROCHEFOUCAULD

El marchante de arte recién retirado ama y odia a Goya a partes iguales porque así le enseñaron a vivir su padre, su abuelo y su bisabuelo, Emile d'Erlanger. Vive en un *palazzo* veneciano desde el que controla todo su imperio. Le gusta jugar a que es joven porque realmente lo parece; trata de comprar, además, lo que no sabe que dejó de estar en venta hace más de un siglo. Y conoce un secreto que amarillea escondido en el sótano de la Casa del Marqués, en Madrid: trece pinturas de Goya que ha tardado trece años en recopilar y que dentro de muy poco serán catorce, porque tener poder le permite a uno abrir las puertas del Museo del Prado para sencillamente robarlas. O mejor aún, hacer que alguien las robe para ti. Alguien como tu bella y joven esposa. Alguien como Ada Adler. Pero el destino y las mujeres engranan sabiamente.

Así pues, lo que no sabe Darío Andrónico, el marchante de arte recién retirado, precisamente por pensar que está por encima del bien y del mal, es que las trece pinturas extraídas supuestamente al Prado no son más que trece copias hechas con la pericia propia de los genios solitarios por el mejor falsificador de obras de arte vivo: un gay cuarentón que es conocido en el selecto mundo del arte como el Maestro.

Darío Andrónico conoce a Pepa Abad cuando ya se hace llamar Ada Adler, en teoría por casualidad, pero en realidad fruto de un encuentro muy estudiado. Desde que ella leyera en el periódico unas declaraciones suyas en las que decía tener en su poder una auténtica «bomba» que conmocionaría al mundo del arte y que, de salir a la luz, cambiaría ciertas cosas para siempre, supo que solo podía tratarse de *El ángel negro*. Fue a partir de ese momento cuando comenzó a urdir un plan para recuperar el lienzo para su familia y para vengarse del hombre que le había hecho algo así a su tatarabuela.

Así pues, una tarde de junio de 2001 Ada Adler «coincide» con Andrónico en la terraza del bar Canale del hotel Bauer, un espacio desde donde las vistas de Venecia son casi tan impactantes como le pareció a Darío la silueta de aquella *ragazza* recortada contra el cielo salpicado de luces. Es muy joven —diecinueve años—, parece ambiciosa, y ambas cosas le hacen gracia al marchante, que además de soberbio es un misógino. Pero ayudada por el encanto propio del lugar y con un Spritz en la mano sus ojos parecen inteligentes, experimentados y no solo de un color azul que llama la atención de la joven, que se acerca hasta él. Y entonces todo el Bauer mira a tan inusual pareja. Él es una figura importante en la *Çità*, de esas por las que uno gira la cabeza para susurrar después a los de al lado; ella es casi una chiquilla, aunque sin duda de esa clase de mujeres sobre las que no se puede apostillar nada. Y mientras se observan, ella no deja de repetirse mentalmente lo que sabe sobre aquel hombre: todas sus investigaciones le habían llevado hasta él, Darío Andrónico. Eso, y que su tatarabuela jamás haría trizas un Goya pese a estar al borde de la muerte. Aquella tuvo que ser obligatoriamente una copia. Alguien tan poderoso como Andrónico podía tener en su poder el original. Estaba convencida.

La jovencísima Pepa Abad asegura que la pintura la fascina, que está a punto de graduarse en Historia del Arte en la Universidad Ca' Foscari y que ya prepara su doctorado, «Goya durante las Pinturas negras». La mirada de color almendra se ilumina cuando habla del artista español, y entonces a Darío sus iris le parecen dos espejos de oro. La *signorina* Abad tiene además la intención de mudarse a Madrid en pocos meses —«las *Pinturas negras* están en el Prado», le dirá en un tono que transmite la dosis justa de ingenuidad— y optar a un puesto de responsabilidad en la pinacoteca más prestigiosa de España. Sabe que ahora ya solo puede esperar a que la presa caiga en sus redes.

Ella acepta desde el principio las manías del hombre varias décadas mayor que ella, su pose de ciudadano egocéntrico y sus vicios de sociópata. Asume además que su vida le pertenece solo a él y solo a Goya, como en el retrato que le hizo el pintor a una duquesa de Alba vestida de luto pero altiva e impresionante, de pie mientras señalaba en la arena y apuntando con dedo firme la frase: «Solo Goya.»

«Querido Darío, quiero hacerte un regalo. Cada año por tu cumpleaños te regalaré una pintura, una de las *Pinturas negras*. Oscura, como el diablo. No será difícil, amor mío. Buscaré en los depósitos del

Prado, los originales nunca se exponen. Porque ahora yo trabajo en el Prado. Yo soy el Prado.» Sabe que solo por eso, Andrónico subvencionará generosamente su estancia en Madrid. Sin embargo, lo que Darío ignora es que lo que ella le entregará no serán los originales del Prado que un día pertenecieron a su familia, sino las falsificaciones realizadas por un compañero de facultad, con un increíble talento para la pintura que responde al nombre de Petrov Grunt.

Y así es como Pepa Abad no solo transforma su nombre, sino que una vez en Madrid, contratada como una de las mejores expertas en Goya, aparenta ser tan megalómana que casi se confunde con el papel. Con la *maschera*.

Sin embargo, todo dará un giro dramático cuando su ya marido decide mostrarle los relicarios que tanto le gusta exhibir. Es entonces cuando le enseña la cabeza de su tatarabuela encerrada en un tarro de formol, como si lo considerara un trofeo. Sus iniciales grabadas con letras doradas no dejan lugar a dudas. Y entonces ella se da cuenta de lo que de alguna manera ya intuía sin saberlo: que iba a matar a ese hombre porque no le bastaba únicamente con encargar copias de las *Pinturas negras* y hacérselas pasar por verdaderas para su vergüenza y la venganza de ella. Y rememora esa cara hermosa que había soñado con besar tantas veces y que ahora es su pesadilla, y ese pelo de un rubio tan bonito de los que duelen, pero que sin duda hasta hacía doce meses nunca había evocado hundido en el líquido pastoso y confinado a un estrecho cementerio del color del ámbar.

38

Quien hace un paraíso de su pan,
de su hambre hace un infierno.

ANTONIO PORCHIA

Implicar a Estephan en aquel asunto le había cos-
tado un poco de sexo y alguna que otra inyección
económica, pero le necesitaba para seducir a Cabrera y convencerle de que diera la orden de apagar las
cámaras y suspender la vigilancia, para ayudarla a
torturar y posteriormente asesinar a su marido, co-
locar el cuerpo y limpiar la sala según su concienzu-
do plan. Y aunque al final la idea de usar la corbata
de Estephan fue resultado de la improvisación —una
burla propia del cretino que era y al que le pareció
divertido dejarla allí, alrededor de sus testículos—,
le sorprendió lo efectivo que un hecho tan arbitrario

fue para llevar a cabo una primera identificación de la víctima, que más tarde la autopsia se encargaría seguramente de desmontar. Porque el profesor de arte era un obseso de Goya, sí, pero también un sociópata y tan pronto le dejó caer que su marido comerciaba con falsificaciones del autor de las *Pinturas negras*, el plan de poner fin a su sórdida existencia le pareció no solo justo sino, además, necesario. Y una vez acabó con él mediante el abrecartas, a Ada Adler le sobrevino un alivio de lo más comprensible, pues había terminado con el único testigo de su venganza.

Es entonces cuando se acuerda del «otro muerto» —tal es el desprecio que siente por su marido que ni siquiera menciona su nombre—, y de cómo se dio cuenta del pobre diablo que era, porque el instante después de que le cortara la cabeza la doctora se percató de lo obvio: que *il signore* nunca había oído hablar de *El ángel negro*, y que los cuentos con los que solía llenar la cabeza al primer periodista que se cruzaba en su camino eran simplemente eso, fanfarronadas, relatos creados en su imaginación o sacados de vaya usted a saber dónde. Y la verdad de lo que ocurrió en realidad le sobrevino como un fogonazo.

Se imaginó al pobre Cubells pintando el original para su amada igual que hiciera con las anteriores composiciones, pero confinándolo esta vez en su piso de Fuencarral sin contar nada a nadie, ni siquiera a ella —y quizá debido a una pizca de despecho al saberse una marioneta en manos de aquella mujer—, para seguir adelante con sus instrucciones y seguir dándole la copia a D'Erlanger a tiempo para que lo llevara junto al resto a su maldita Exposición Universal. Sabía que Alessandra, instigada por la carta que él mismo se había encargado de enviarle, reaccionaría yendo en persona al mismo París, seguramente enfadada y dolida, en busca de Emile y del terrible cuadro, convencida de que se trataba de «su» original. Y es que por amor se pueden hacer auténticas salvajadas, como permitir que la persona amada sufra y hasta arriesgue la vida por la reproducción de un ser siniestro y con las alas de cuervo, que provocó entre otras cosas, la trágica muerte de Alessandra, su Alessandra.

Y Ada piensa que es injusto que la lógica no siempre sea la lineal, y que «A» no conduzca a «B» en todas las ocasiones por la cómoda senda de la recta. Y como en un *flash* recrea la imagen del restaurador de arte del Prado siglo y medio antes escondiendo el lienzo original en algún lugar, probablemente en la más famosa de las pinacotecas madrileñas, horas antes de poner fin a su vida. Así que Cubells y no Andrónico: todo este tiempo había seguido la pista equivocada.

El ángel negro está en su sitio: cosido a las entrañas de Murano. Y es justo ahora cuando Ada Adler, que ya es simplemente Pepa Abad, desde la Fortezza hace examen de conciencia.

¿Por qué eligió una forma tan brutal de matar a Darío Andrónico? ¿Por qué diseñó una puesta en juego tan morbosa? Pues porque así fue como encontraron a su tatarabuela: sin cabeza, con los mismos signos de mutilación que el hijo de *Saturno* y sus restos amontonándose en la orilla del Sena. El pulso le tembló en muchas ocasiones pero se dejó llevar por la inercia de la rabia que desde su interior la empujaba a ello. Habrá quien piense —Vera entre ellos— que actuó como una psicópata, como una loca.

Respecto a los mensajes encriptados, ¿qué papel jugaban en su plan? Lo cierto es que nunca llegó a saberlo. Cualquier psicoanalista hubiera asegurado que quería que la pillasen. No pudo evitar recordar la frase de Goya que acompañaba la última nota encontrada en *Los Caprichos* de Goya: «Nunca se escapa la que se quiere dejar coger.» Y si algo tuvo siempre claro Ada es que no tenía intención de dejarse coger. Y mucho menos por Bernardo, aunque fuera con diferencia el hombre que mejor la había interpretado.

Bernardo Vera. Se acuerda de cómo ella sostenía la pistola con los ojos llenos de lágrimas mientras le contaba cómo fue su niñez en Venecia, el descubrimiento de las pinturas originales conseguidas por su tatarabuela, la muerte de su padre, la historia heredada y su inevitable interés primero y obsesión después por la obra de Francisco de Goya. Y mientras, él, atado y de rodilllas en el suelo, de vez en cuando le lanzaba una mirada, mezcla de decepción y pena. Y esgrimió un «lo siento» una única vez, una disculpa que trató de acompañar con un beso, pero que él rechazó apartando sus labios. Seguramente fue doloroso para él aunque quizá no tanto como el último culatazo que tuvo que darle con el arma para que no tratara de seguirla en su huida y poder culminar la última fase de su plan.

El Prado esconde muchos tesoros. Pero Ada Adler o Pepa Abad, si se prefiere, consiguió finalmente sustraer uno sin saberlo nadie. Dejó la Casa del Marqués y a Bernardo inconsciente, en el suelo, para coger su coche en dirección al Prado a sabiendas de que nadie la seguía.

Fue directa hacia los subterráneos bajo el Cubo de Moneo para buscar un cilindro fechado en 1878. Una vez allí una voz en su interior, un pálpito o quién sabe si la propia Alessandra Abad, le hicieron dirigir sus pasos hacia el segundo sótano, donde consignado con las iniciales del nombre de su tatarabuela, ALAB1878, Cubells se había encargado de ocultar la decimoquinta pintura, *El ángel negro*. El original pintado para la mujer que tanto amó y que nunca, por culpa de una carta que escribió movido por los celos, podría disfrutar.

Lo siguiente que recuerda es que salió de allí en dirección al aeropuerto y compró un billete rumbo a Venecia usando su pasaporte italiano, expedido a nombre de Pepa Abad, para no levantar sospechas y evitar así los posibles controles que pudieran haber hecho saltar todas las alarmas.

Sin embargo, todo aquello ha quedado ahora lejos y ya nada parece importarle, salvo una cosa: la satisfacción de saber que todas las *Pinturas negras* descansan donde siempre debieron estar o, al menos, donde Alessandra Octavia Abad quiso que permanecieran, siempre juntas, formando parte de una misma tierra.

39

Belano, le dije, el meollo de la cuestión es saber si el mal (o el delito o el crimen o como usted quiera llamarlo) es casual o causal. Si es causal, podemos luchar contra él, es difícil de derrotar pero hay una posibilidad, más o menos como dos boxeadores del mismo peso. Si es casual, por el contrario, estamos jodidos.

Que Dios, si existe, nos pille confesados. Y a eso se resume todo.

ROBERTO BOLAÑO,
Los detectives salvajes

Madrid, 15 de mayo de 2017

La ciudad celebra la fiesta de San Isidro. Ha pasado ya un año desde que la doctora Ada Adler se escapara de la Casa del Marqués, pistola en mano y dejando tras de sí dos muertos: su cómplice, Estephan Morales, y su marido, Darío Andrónico, según la declaración del inspector Bernardo Vera, última persona en ver a la asesina, habiéndose perdido su rastro desde entonces y hasta la fecha. Como si la hubiera tragado la tierra. Doce meses de intensas investigaciones y trabajo duro que culminaron con el cierre del Caso Saturno por falta de pruebas y con un único condenado: un Raimundo Cabrera sentenciado a tres años de cárcel por obstrucción a la justicia, que se zanjó con el pago de una multa por ausencia de antecedentes.

Durante el tiempo que duró la investigación todos los departamentos hicieron lo imposible para tratar de esclarecer un caso que según parecía acabaría engrosando la lista de los misterios sin resolver que tanto gustan a la prensa. Un análisis del minucioso informe que el inspector Bernardo Vera había entregado al comisario Gálvez dos días después de la mañana de autos relataba los hechos de forma profesional y carente de emoción. Los de documentación removieron Roma con Santiago tratando de recopilar información sobre la supuesta experta en Goya del museo, pero no fueron capaces de encontrar ni un solo dato acerca de Ada Adler anterior a su llegada a Madrid: ni una partida de nacimiento, ni un registro telemático de cualquier tipo, ni una universidad que pudiera confirmar su currículum académico. Por su parte, los de la Unidad de Criminología Forense acabaron determinando que el cadáver de la 67 se correspondía con el de un hombre de unos sesenta años. Fue posible a partir de la reconstrucción de la cabeza golpeada, mutilada y absolutamente irreconocible que el padre Fonseca había tenido la mala suerte de encontrar en su ermita, y después de confirmar que esta correspondía al mismo cuerpo hallado en el museo. Y aunque obtuvieron un retrato robot del individuo y se realizaron todo tipo de pruebas de ADN, finalmente no pudo hacerse nada para adjudicarle nombre y apellidos a la víctima.

Un grupo de expertos reunido por una comisión creada a tal efecto y a lo largo y ancho de la Unión Europea, Estados Unidos y Japón, entre los que se encontraba Gordon Glass, el experto recomendado en su día por la propia Ada, había llegado a la conclusión de que el cuadro *Saturno devorando a un hijo* que habían encontrado mutilado la mañana del asesinato, al igual que las otras pinturas halladas en la Casa del Marqués, no era más que un óleo copiado con extrema pericia por un tal Petrov Grunt, alias el Maestro, el falsificador de obras de arte más buscado por el ARCA, la EUROPOL y la INTERPOL juntas. Con respecto al *Saturno* que la doctora Adler identificó como auténtico en los sótanos de la pinacoteca madrileña, se acreditó que se trataba de una falsificación, en este caso, legítima, o lo que es lo mismo, una de las copias que el Museo del Prado tenía en nómina de manera puntual para preservar de los efectos de una exposición prolongada una obra de semejante valor. Además, y por si eso fuera poco, la comisión concluyó que las *Pinturas negras* presuntamente originales que el museo poseía desde que un Emile d'Erlanger las donara a título póstumo a la pinacoteca, eran asimismo copias hechas vaya usted a saber por quién y desde hacía sabe Dios cuánto tiempo.

El mundo del arte permanecería en *shock* durante mucho tiempo.

EPÍLOGO

Hace semanas que Bernardo Vera no duerme con nadie, y cuando lo hace se encuentra con la misma sensación de vacío: una cara anónima que desde el otro lado de la almohada le recuerda que Ada, la bella ninfa asesina, se fue hace tiempo de su vida sin dejar rastro. Trata de no pensar en la divorciada con la que hace tan solo unas horas ha echado un polvo rápido, como si quisiera deshacer así las horas compartidas con Ada, consciente de que ese remedio improvisado no ayuda a mejorar su estado. Nada más terminar se encerró en su habitación y se tumbó en la cama. Lo siguiente que oyó fue el sonido metálico de unos tacones en dirección a la puerta que la mujer cerró despacio, sin portazos ni maldiciones, como el que ya sabe que la batalla está perdida antes de iniciarla. Entonces él se dejó vencer por el cansancio y soñó con campos de fresas mientras notaba que la cabeza comenzaba a dolerle como si estuviera a punto de estallar.

Se levanta resacoso porque es algo masoquista, y por eso muchas de las noches en que no patrulla acostumbra ir al bar Lagasca, donde Félix —el enano vestido de librea— ha adoptado el hábito de negarle con la cabeza para luego bajar los ojos entre reflexivo, divertido y triste. Extraña combinación. Malditos madrileños. No, anoche ella tampoco estaba allí; y no, en realidad no sabe ni por qué la espera tanto, ni el motivo al que se debe el quererla de esa manera a pesar de ser consciente de que si la encontrara tendría que detenerla. Por eso desde que desapareció de su vida, en vez de zumo de tomate toma Brugal con Coca-Cola o un Bloody Mary. Y lo hace como lo hacía ella, o como la vio hacer tres o cuatro veces, que es distinto: tragando con prisa, como si el alcohol le estorbara en la lengua. Como si aborreciera uno de los escasos sabores que tenían el poder de transportarle a paisajes más amables.

Alguien llama a la puerta. Apostado en la entrada del apartamento, un mensajero le mira con indiferencia a pesar de su estado calamitoso, como si ya hubiera visto de todo.

—¿Bernardo Vera? Traigo un paquete para usted.

El chico le tiende un tubo de más o menos un metro de largo.

—Necesito que firme aquí.

Bernardo hace lo que le dice y cierra con un golpe seco la puerta. El sol atraviesa la ventana del pasillo iluminando el espacio. Y entonces se da cuenta de que casi ha llegado el verano. Abre el tubo muy rápido y en el interior, pegada con celo a la tapa, encuentra una cuartilla de papel verjurado y de color amarillo que le remite de forma instantánea a ella. La despega con ansia, y, acto seguido, la lee en voz alta.

A ti, que no te gusta Goya.

Ber, han pasado los meses y aunque tenga un nombre, un apellido y una historia que me pertenecen he elegido permanecer esta nueva etapa de mi vida en el anonimato. He visto mucho mundo tras dejarte, después de abandonar para siempre la Casa del Marqués y dejar atrás a ese malnacido de Darío Andrónico. Tras traspasar —tú sabes hasta qué punto es literal la afirmación— los sesos de un imbécil como Estephan, al que no pude matar dos veces pese a que me hubiera encantado. Y, sin embargo, no pasa el día en que no me pregunte por qué elegí salir huyendo.

Soy un producto de mi pasado —y ¿quién no lo es?—, con ciertos matices. Yo diría que más que ser malvada estoy maldita: ni soy el resultado exacto de los caminos que he ido tomando en la vida, ni creo que siga el flujo lógico de mis recuerdos, aunque sí de mi ira, de la nostalgia de sentirme más Alessandra Abad, mi tatarabuela, que yo misma. De saber que a ella se lo debo todo. Pensarás que hizo falta mucha sangre fría para hacer lo que hice. Pero el odio que sentía resonar en mi interior era más fuerte que yo. Puede que creas que no me conoces, Ber, pero lo cierto es que yo fui contigo el único resto de mí que permanecía a salvo de los demonios de guerras muy antiguas. La de las sábanas arrugadas, la del restaurante indio de la primera noche —¿te acuerdas?— y también la sabelotodo que trataba de impresionarte. Resulta increíble que nos debamos tanto a los detalles, a los pequeños puntos que nos dibujan como en un juego de niños.

Te quise, Ber.

Quiero darte algo para que recuperes el gusto por Goya, si es que aún es posible. Me dijiste, y sé que lo decías en serio, que me llevarías a Venecia en verano. Aquí tienes un poco de una ciudad que es a la vez una parte muy profunda de mí. Como yo, que siempre seré tuya desde la distancia.

Vera, que sigue sin saber mucho de pintura y que nunca ha estado en Venecia, observa con atención las dos hojas bellísimas y muy bien conservadas. Parecen arrancadas de un gran cuaderno. Una de las láminas es un paisaje que él identifica como uno de los canales de Venecia, la otra es el retrato de una mujer joven con el pelo recogido en un moño sencillo y una túnica que la cubre hasta los pies. Y en la esquina derecha de ambos dibujos aparece la misma firma hecha con letras redondeadas: Francisco de Goya. Y no sin cierta nostalgia esboza una sonrisa al recordar las palabras del genio: «Nunca se escapa la que se quiere dejar coger.»

FIN

NOTA DE LA AUTORA

El ángel negro es una ficción que se alimenta de la Historia. Así, y aunque el grueso de los personajes con los que se han encontrado en estas líneas sean invención mía, nombres como los de Emile d'Erlanger, Salvador Martínez Cubells, Jean Laurent y, desde luego, Francisco de Goya, son reales. Si bien buena parte de lo expuesto sobre ellos resulta totalmente cierto, he creado a partir de los hechos verídicos situaciones que poco tuvieron que ver con sus vidas.

La inmensa mayoría de los lugares que he descrito son tan auténticos como el Madrid de los últimos coletazos de la Primera República, con el general Francisco Serrano al mando y una Quinta de Goya que solo un cuarto de siglo después sería derruida;

se trata de la misma urbe por la que ciento treinta años después se moverán los protagonistas de la trama, con una Casa del Marqués que es la actual Embajada italiana, y que perteneció en su día a un marqués, el de Amboage, del que mi abuela solía hablarme de pequeña y al que acabé por coger cariño. Igual de legítimas son la Venecia y el París de las postrimerías del siglo XIX, con un palacio Vendramin, en el primero de los casos, con huéspedes tan ilustres como Giuseppe Verdi o Cecilia de Madrazo, y una III Feria Universal, en el segundo, que hizo del Campo de Marte y la plaza de Trocadero escenarios rebosantes de saber y exotismo.

Madrid es mi ciudad fetiche, por lo que ha sido un placer describirla. Me encantan —¿a quién no?— Londres, París y Venecia. Nunca visité Murano, y Amberes encabeza mi lista de destinos pendientes. Santander, a pesar de que viajo con cierta frecuencia a Cantabria, es para mí uno de esos lugares en los que no me importaría perderme. Y tal vez sea porque tengo el amor por lo montañés en las venas, por lo que supe desde el principio que mi protagonista sería cántabro.

Quiero dedicar un espacio aparte a las *Pinturas negras*, el núcleo argumental de esta novela y para mí la parte más magnífica de la obra de Goya —y eso es mucho decir—. Siempre han sido unas obras muy especiales para mí, sobre todo porque hablan más que de un hombre, del alma de un hombre. Es la magia del arte.

AGRADECIMIENTOS

Habría sido totalmente imposible haber llevado a término esta novela sin la serie de personas que la han hecho posible. En primer lugar y en el terreno más profesional, quiero dar las gracias de corazón a Ediciones B por haber depositado tanta confianza en mí. Merece una mención muy especial dentro de este grupo editorial Carmen Romero, mi editora, quien, con su eterna sonrisa en los labios, su genial olfato para saber sacar lo mejor del manuscrito y sus consejos siempre acertados hizo posible que *El ángel negro* tenga su forma actual. Una forma con la que me siento plenamente satisfecha. No menos meritorio desde luego ha sido el trabajo que codo con codo hemos llevado a cabo con el texto Covadonga D'lom y yo. Gracias, Cova, porque ha sido un placer emprender la recta final de esta aventura a tu lado. Se nota que te apasiona tu trabajo, trabajo que desde luego desempeñas a la perfección. Gracias asimismo a Antonio Gómez Rufo por una primera lectura seria de mi novela, y por las conclusiones que sacó de esta.

La parte menos profesional, pero igualmente necesaria y bien ganada de los agradecimientos es para mi familia. Empezaré por mi marido, Nacho, a quien va dedicada esta novela. Cariño, no solo has estado aguantando como un valiente los cuatro años que ha durado este periplo (todos los desvelos y todas las angustias por mi parte incluidos), sino que por si eso fuera poco, me has ayudado con lecturas y relecturas, aportando ideas y siendo mi cómplice en todo momento.

Igualmente valiosos en esta empresa han sido mis padres y Lorena, mi hermana. Ellos también han estado a mi lado, aguantando como campeones mis largas charlas sobre la novela, respondiéndome con cariño y paciencia todas mis dudas de novata. Sois los mejores.

Por último, ¡infinitas gracias!, a todos los que habéis llegado hasta aquí. Como dijo Emily Dickinson: «Para viajar lejos no hay mejor nave que un libro.» Y espero que este viaje, por lo menos, haya sido entretenido.